어머니 품으로 돌아 가서

어디에서 웃음소리 들려

이장욱 장편소설

문학동네

차례

어디서 무엇이 되어 다시   7

발문 | 이혜경(소설가) '물방울무늬 원피스'의 시절   163

작가의 말   167

1

 몇 해 전 어느 가을날 오후였다. 어떤 청년에게서 전화가 왔다. 잔잔한 바람에 낙엽들이 서걱거렸고, 푸른 하늘이 맑은 물속 같던 날이었다. 나는 그 전화가, 내가 젊은 날을 추억하거나 시간의 의미를 생각해볼 때마다 떠올리곤 하는, 완벽하게 정체불명인 그 여자와 관계가 있을 줄은 꿈에도 생각하지 못했다.
 청년은 내 소설의 독자라면서 한번 만나달라고 했다. 나는 그를 만났다. 그러자 그는 우리가 만난 바로 그 다음날, 대학로의 어떤 지하카페에서 열리는 포크송 콘서트에 와달라고 했다. 나는 그곳에 갔고, 그 여자가 와 있는 줄은 꿈에도 모른 채 음악을 들었으며, 또 한번 그 여자와의 옛 시간들처럼 알 수 없는 소동을 겪은 뒤 그게 영원한 작별인 줄은 정말 꿈에도 모른 채 헤어지고 말았다.

한 달 뒤 다시 그 청년에게서 전화가 왔다. 우리는 만났다. 그리고 나는 그가 전해준 어떤 사람에 대한 얘기를 들었다. 그 여자에 대한 얘기였다. 내가 언제나 궁금해했던 이야기……

그날 밤, 나는 흥분하여 좀체 가라앉지 않는 마음을 다독일 요량으로 운동을 하기 위해 엘리베이터를 타고 일층으로 내려갔다. 꼭대기까지 계단을 서너 번 오르내릴 생각이었다. 그러나 옥상으로 통하는 문이 열려 있어서 계단 오르기는 한 번으로 끝나고 말았다. 호기심이 일었던 것이다.

나는 조심조심 그 문 안으로 들어가보았다. 누군가 있을 것만 같았다. 하지만 옥상을 한 바퀴 돌도록 아무도 만날 수 없었다. 대신 왼쪽 구석진 바닥에 깔아놓은 몇 개의 라면박스를 발견했다. 별 생각 없이 그 위에 드러눕자 별이 보였다. 그제야 누군가 별을 보려고 그렇게 만들어놓은 자리라는 걸 알 수 있었다.

오늘밤에도 그 사람이 나타날지 모르겠군, 하고 나는 생각했다. 만약 그 사람이 비키라고 하면 바로 옆 맨바닥에 드러눕기로 했다. 별을 좋아하는 사람이라면 나를 위해서 작은 박스 하나쯤은 배려해주겠지.

그러나 아무도 나타나지 않았다. 한 시간 뒤 벌벌 떨면서 떠

날 때까지 여자인지 남자인지 알 수 없는 그 사람은 나타나지
않았다.

　나는 홀로 별들을 보았다. 나는 별자리를 모른다. 단 한 개도
모른다. 별자리를 배워보려고 한 적이 있었으나 그만두었다. 철
저한 익명성이 더 좋다고 생각해서였다. 나는 별들을 모르고 별
들은 나를 모른다. 내 눈에는 모든 별들이 다 별로 보일 뿐이다.
그처럼 별의 눈에도 모든 사람이 다 사람일 텐데, 가공의 이야
기로 별들을 편 가를 이유가 어디 있단 말인가.
　밤이고 낮이고 이야기를 생각하는 소설가가 이런 말을 하다
니, 내가 듣기에도 기묘하다. 하지만 이야기란 본질적으로 배타
적인 것이다. 모든 별들을 다 담아내는 이야기는 불가능하기 때
문이다. 하나의 별을 이야기하면 다른 별들은 모두 어둠 속에
묻혀야 하기 때문이다. 나는 김광섭 선생의 시를, 언젠가 유심초
가 노래로도 불렀던 그 이야기를 떠올렸다.

　　저렇게 많은 중에서
　　별 하나가 나를 내려다본다.
　　이렇게 많은 사람 중에서
　　그 별 하나를 쳐다본다.

밤이 깊을수록
별은 밝음 속에 사라지고,
나는 어둠 속에 사라진다.

이렇게 정다운
너 하나 나 하나는
어디서 무엇이 되어
다시 만나랴.

   이것은 인연에 대한 이야기일까? 나는 그렇다고 들었다. 하지만 분별하지 말라는 가르침과 인연이 어떻게 양립할 수 있는지 모르겠다. 분별하지 마라, 만사는 인연의 결과다. 그러나 어떤 사람이 인연을 이야기하는— 별 하나와 나 하나—그 순간, 그것은 이미 지독한 분별이 아닌가?
   별 하나가 흐릿한 선을 그으며 사라져갔다. 그렇게 함으로써 자신이 있다는 것을 내게 알렸다. 내내 보이지 않다가 사라지는 순간 잠깐 자신을 드러냈다. 저 별 하나가 누구의 인연인지는 전적으로 내 마음에 달려 있다. 김광섭 시인의 별이거나, 그 여자의 별이거나, 나의 별이거나, 그 모두이거나.
   그러니 더 좋은 것인 침묵이 아직 어렵다면, 또다시 이야기를 해야 하리라. 어쩌면 너무 자주, 그 여자가 운명처럼 좋아했다는 피터, 폴 앤 메리의 〈gone the rainbow〉를 들으면서, 새로운 별자리를 그리는 마음으로……

2

　내가 그 여자, 박은영을 처음 만난 건 대학 일학년 때였다. 그러나 우리가 사귀었다고 할 수는 없다. 사실 나는 그 여자를 몇 차례 만나지도 못했다. 아니, 그 여자를 만났다고 말하기도 그렇다. 그렇다고 그 여자가 나를 만난 것도 아니다. 자연이 무대를 만들어 우리에게 잠깐씩 배역을 맡겼다가 예고도 없이 끌어내려 버렸다고 하는 편이 옳겠다.
　TV나 영화에서 이따금 촌스러운 그 시절로 재현되곤 하는 70년대. 박정희가 아직 살아 있고 내 나이 스물이었던 그해, 어느 늦은 봄날이었다. 그날 나는 난생처음 포르노잡지를 보았다. 점심을 먹은 뒤였다. 같은 과 친구 고형진이 보여줄 게 있다며 대강당 이층 로비 구석으로 나를 끌고 갔다. 무슨 비밀 얘기를 하려나 했더니 녀석은 『플레이보이』를 꺼내놓았다. 눈이 뒤집혔다. 우와 시발, 이라고 열 번쯤 웅얼거렸던 것 같다.

삼십 분 뒤, 나는 잔디밭의 나무 아래 드러누워 있었다. 머릿속이 벌거벗은 여자들로 난리법석이었다. 얼굴은 보이지 않았다. 뒤엉켜 있는 허연 살덩어리를 배경으로 오직 젖가슴과 꽃만이 눈앞에 어른거릴 뿐이었다. 내 눈을 오랫동안 사로잡았던 여자의 얼굴을 떠올려보았으나 윤곽조차 그려지지 않았다. 커다란 반구 한가운데 작은 단이 있고 그 위에 검은 유두가 솟아 있는 계단식 젖가슴과 금색 음모로 뒤덮인 분홍빛 꽃만이 강박적으로 떠올랐다.

속이 부글거렸다. 고함을 지르고 싶었다. 나는 복수를 하기로 했다. 상대는 잡지를 놓고 가겠다고 하고서 그대로 도망쳐버린 형진이었다. 나는 녀석이 수업을 듣고 있는 강의실로 갔다. 수필가로 대중적인 인기를 누렸던 늙은 철학교수의 세 시간 연속 강의였다. 나는 복도에서 기다렸다. 강의를 시작한 지 칠십 분쯤 되었을 때 교수가 앞문을 열고 나왔다. 휴식시간이었다.

나는 뒷문으로 들어갔다. 혼수상태에 빠진 대부분의 수강생들이 책상에 엎어져 있었다. 형진이 역시 마찬가지였으나 내가 다가가자 상체를 벌떡 일으켰다. 나는 심심해서 청강하러 왔다며 근처 빈자리에 앉았지만, 그가 다 안다는 듯 씨익 웃으며 바닥에 아무렇게나 놓여 있던 가방을 책상 아래 가랑이 사이로 옮겨 놓고는 다시 엎어졌다.

　강의가 속개되었다. 늙은 교수는 욕망을 다스릴 줄 알아야 한다고 강조했다. 아무래도 잘못 걸린 것 같았다. 끝까지 강의를 들어야 할 판이었다. 그러나 이십 분쯤 지났을 때 기회가 왔다. 좀체 판서를 하지 않는다는 교수가 흑판에 에피쿠로스의 경구라며 뭔가를 쓰기 시작했다. 그리스어라고 했는데, 쓴다기보다는 그리는 것 같았다. 교수는 한참을 뒤돌아서 있었다.

　나는 퍼뜩 정신을 차리고 형진이를 보았다. 그도 열심히 그리스어를 그리고 있었다. 나는 즉각 행동에 들어갔다. 그의 가랑이 사이에 놓인 가방을 탈취하여, 허리를 숙인 채 바퀴벌레처럼 미끄러져서 뒷문을 열고 복도로 나갔다. 그리고 잡지를 꺼낸 뒤 가방을 강의실 안으로 내던지고 문을 쾅 닫은 다음, 계단을 뛰어내려갔다.

　나는 학생회관으로 갔다. 그곳에는 내가 생각에 잠기거나, 무엇을 읽거나, 잠을 자고 싶을 때 애용하는 기도실과 음악감상실이 있었다. 음악감상실을 그런 용도로 사용하는 것에 대해서는 조금도 변명하고 싶은 마음이 없었고, 기도실에 대해서는 신이 계신다면 그분이야말로 나의 그런 모습을 귀엽게 보아주시지 않을까 하는 증명할 수 없는 믿음을 갖고 있었다.

기도실은 텅 비어 있었다. 나는 무심코 그 안으로 들어갈 뻔했다. 그러나 곧 정신을 차리고 음악감상실로 발길을 돌렸다. 아무리 신께서 아직 생각이 덜 여문 나 같은 청년에 대해서는 적응이 잘 되어 있다고 해도, 벌거벗은 여자들에 대해서는 아무래도 적응력이 빈약하지 않겠는가 하는 배려 때문이었다.

음악감상실에서는 마침 내가 좋아하는 슈베르트의 〈아르페지오네 소나타〉가 흐르고 있었다. 나는 조그만 흑판에 적혀 있는 이어질 음악들의 곡명을 훑어보는 한편, 목하 실신한 듯 슈베르트를 빨아들이고 있는 여섯 명의 클래식족이 어떻게 배치되어 있는지 재빨리 파악한 뒤 자리를 잡았다.

나는 아무도 앉아 있지 않은 맨 뒷줄 구석에 앉았다. 그리고 아무리 기를 써도 얼굴이 떠오르지 않던 여자를 찾아냈다. 역시 예뻤다. 우와 시발, 욕이 절로 튀어나왔다. 나는 그 여자가 예쁠 뿐만 아니라 지적이고, 노래도 잘 부르고, 애교 만점에다가, 때로 나 아닌 다른 남자들을 힐끔거리기도 하지만 언제나 나하고만 자는 여자라고 상상했다.

얼마 뒤 참을 수 없는 졸음이 몰려왔다. 평소보다 훨씬 강도가 세서 거의 잠의 해일이라고 할 만했다. 계단식 젖을 가진 여자와의 격렬한 포르노-플라토닉 러브 때문인 듯했다. 그게 아니어도 상관없었다. 나는 평소에도 자주 음악감상실에서 자는 편이었다. 나는 그런 잠이 좋았다. 편안하게 졸음이 찾아오면

무조건 잘 대접해줘야 한다는 게 나의 신념이었다. 언제나 준비는 되어 있었다. 나는 주머니에서 솜뭉치를 꺼내 귀를 틀어막았다.

그리고…… 이 대목에서 추정이 필요하다. 내가 잠든 사이에 그 여자, 박은영이 등장했다. 그녀는 청회색 천 케이스에 넣은 기타를 둘러메고 음악이 흐르고 있는 어둡고 좁은 무대로 들어왔다. 무슨 이유였던지—나중에 청년의 얘기를 듣고서야 나는 그 이유를 알게 되었는데—그녀도 쏟아지는 졸음의 공격을 받고 있었다. 박은영은 내가 잠들어 있는 맨 뒷줄의 입구에 앉았다. 그녀도 준비가 되어 있었다. 그녀는 주머니에서 작은 솜뭉치를 꺼내 귀를 틀어막았다.

시간이 흘러갔다. 음악과 잠은 소설 못지않게 서사적인 것이어서 시간을 필요로 한다. 그녀와 나는 시간을, 잠을, 슈베르트의 〈죽음과 소녀〉를, 그리고 이어진 모차르트의 〈피아노 소나타〉를 맛있게 먹어치웠다. 음악은 더이상 흐르지 않았다. 여섯 명의 클래식족도 모두 떠나버렸다. 그들은 우리를 비웃었을까? 희뿌연 어둠과 텅 빈 정적의 알을 깨면서, 그녀보다 먼저 잠들었던 내가 깨어났다.

나는 나만의 수면교본을 가지고 있었다. 주된 내용은 퇴장에 대한 것이었다. 입장하는 모습은 누구나 같으니 문제될 게 없었다. 감상의 시간도 대체로 실신한 듯 눈을 감고 있으니 속여넘

길 수 있었다. 그러나 퇴장은 잠을 깨는 즉시 시치미를 떼고 태연하게 실시해야 했다. 그래야만 뒷정리를 하고 있는 한두 명의 클래식 사수대가 던지는 비아냥거림을 피할 수 있었다.

"어, 살아 있었어?" 또는,

"난 변사체인 줄 알았지" 등등.

그날도 나는 평상시처럼 수면교본에 따랐다. 내 몸은 거의 자동적으로 움직였다. 나는 내 존재의 비밀창고로부터 현실로 추방당하자마자 벌떡 일어나 입구 쪽으로 걸어갔다. 『플레이보이』조차 까맣게 잊고 있었다. 그래서 난생처음 보는 예쁜 여자, 박은영이 내 길을 막고 있다는 것을 알아차리지 못했다. 나는 그녀가 의자 위에 세워놓은 기타를 건드리고 말았다.

막대기로 벽을 긁는 듯한 소리에 이어 손가락으로 수박을 통하고 두드리는 듯한 소리가 들려왔다. 기타가 벽 위를 미끄러지며 그녀의 머리통을 살짝 때린 것이었다. 그녀는 눈을 뜨자마자 자신을 건드린 불청객을 확 밀쳐낼 기세더니, 그게 자기 기타란 것을 알고 재빨리 붙잡았다. 그리고 나를 뚫어져라 바라보다 벌떡 일어섰다. 다행히 클래식 사수대는 한 명도 남아 있지 않았다.

기껏해야 십 초 정도밖에 안 되는 드라마였다. 그러나 등장하는 순간부터 그녀는 이미 주연배우였다. 그 짧은 시간 동안 그녀는 자기 존재를 완벽하게 개진했다. 나른한 흰 얼굴에 새까만 두 눈이 잠기와 경계심으로 몽롱하고 사랑스러운 빛을 내뿜고 있었고, 코스모스처럼 하늘하늘하면서도 굴곡이 뚜렷한 가슴과 허리와 두 다리가 손을 내밀면 바로 만져질 듯한 파동을 내보내고 있었다. 나는 너무나 감동한 나머지 대사를 잊어버리고 말았다.

"어, 미, 미안해요. 나도 모르게 그만……"

나는 더듬거리며 말했다. 그런데 뭔가 이상했다. 말소리가 웅웅 울렸다. 머릿속에서 개 한 마리가 자기 꼬리를 물려고 뱅글뱅글 돌고 있는 것 같았다. 그러자 여자가 구세주처럼 나섰다. 입술이 움직이는 것으로 보아 무슨 말을 하는 것 같았다. 그러나 하나도 알아들을 수가 없었다. 이유인즉, 뭔가 이상한 그놈, 바로 내 귀에 틀어박혀 있는 솜 때문이었다.

얼굴이 화끈 달아오르며 머릿속이 맹렬한 속도로 돌기 시작했다. 이 난국을 어떻게 타개할 것인가, 방책을 찾기 시작한 것이었다. 단 이 초 만에 나는 결론을 보았다. 이 사실을 숨기지 말자. 숨기려야 숨길 수도 없거니와, 그건 나라는 인간의 됨됨이를 보여주는 진실이니까.

결심을 하고 나니 얼굴의 열기가 사그라졌다. 나는 일단 여자를 향해 쑥스런 미소를 지어 보였다. 그리고 두 손으로 천천히 양쪽 귀에서 솜뭉치를 빼낸 뒤 그게 분명히 내 손에 있다는 걸 여자가 확인하게 한 다음, 마술사처럼 희뿌연 어둠 속으로 사라지게 만들었다. 무슨 꿍꿍이인가 하고 지켜보던 여자가 쿡, 웃음을 터뜨렸다. 나의 임기응변 공연은 대성공이었다.

"안녕하세요? 저, 먼저 많이 아프지 않았기를 바라구요. 또, 바보처럼 들릴지 모르겠지만, 저는 이따금 이렇게 낮잠을 자거든요. 그래서……"

나는 다시 귓구멍이 뚫린 자의 기쁨을 만끽하며 중얼중얼 말을 늘어놓았다. 여자는 나의 입술을 유심히 바라보고 있었다. 그러더니 또 쿡, 웃음을 터뜨렸다. 그리고 물결 같은 새까만 머리칼을 뒤로 쓸어넘긴 다음, 두 귀에서 분명히 솜으로 보이는 것을 끄집어내어 재빨리 의자 뒤로 버렸다. 그녀의 얼굴에 수줍은 미소가 살짝 흘렀다가 사라졌다.

"안녕하세요?"

그녀가 말했다. 아, 이보다 더 재미있고 감동적인 만남이 어디에 또 있을까? 나는 너무 행복해서 기절할 것만 같은 아찔한 현기증을 느끼면서, 그 즉시 그녀가 내 인생 최초의 진정한 포르노-플라토닉 러브의 상대가 될 것이라고 장엄하게 선포했다. 그 여자가 가슴과 자궁에 어떤 영광과 슬픔을 품고 있는지는 조금도 짐작하지 못한 채.

나는 그녀를 학생회관 사층에 있는 '옹달샘'으로 데려갔다. 그녀는 그녀의 기타로 머리를 때린 것에 대한 나의 사과를 받아주었다. 나는 잠깐 손을 씻고 오겠다는 그녀를 대신해 기타를 안전하게 모셔놓고 카운터로 갔다. 셀프서비스에 선불이었기 때문에, 나는 아예 설탕과 크림까지 탄 커피 두 잔과 물 두 컵과 재떨이를 쟁반에 담아 자리로 나르고 그녀를 기다렸다.

이윽고 그녀가 들어섰다. 담배연기를 한숨처럼 푹푹 뿜어대던 외롭고 게걸스런 남자 관중들이 일제히 그녀를 바라보았다. 나는 그들이 부질없이 그녀의 껍데기를 눈으로 핥아대는 것을 흐뭇하게 지켜보았다. 그러고는 그들의 기대에 찬물을 끼얹어주었다. 나는 엉덩이를 의자에서 살짝 떼어 앉은 키를 높이면서 손을 흔들었다.

그녀가 얌전하게 걸어와 내 앞에 앉았다. 관중들의 시선 때문인지 얼굴에 불편한 기색이 어려 있었다. 조금 피곤한 듯했으며 불안해 보이기도 했다. 그러나 나는 그 그림자를 그저 그녀와 같은 미인에게 따라다니는 기분좋은 운명이려니 생각했다. 그녀는 내가 가져다놓은 커피와 물을 가만히 내려다보더니 표나지 않게 한숨을 쉬었다. 그리고 이리저리 둘러보다가 안쪽 벽의 게시판을 한참 동안 바라보았다.

게시판에는 표현주의영화 포스터들이 붙어 있었다. 문득 그녀와 내가 극장의 어둠 속에서 꼭 끌어안은 채 〈드라큘라〉를 보는 장면이 떠올랐다. 그렇다면 한번 제안해볼까? 나에게 호감을 가지고 있는 게 분명하니─그게 아니라면 이렇게 계속 함께 있을 이유가 없으니까—거절하지는 않겠지? 나는 다시 한번 선의를 불태우며 다짐했다. 이 여자에게 내 순결한 동정을 바치자. 처녀면 좋고, 아니어도 상관없다.

"작년 봄엔 못 봤는데……"

다시 가만히 커피잔을 응시하고 있던 그녀가 고개를 들어 나를 바라보며 말했다.

"예? 뭘요?"

"우리 오늘 처음 만났잖아요?"

"아아, 예."

좀 이상한 말이었지만 완전히 헛소리라고 할 수는 없었다.

"당연하죠. 난 올해 입학했으니까요."

"아, 문무대에 갔다 왔군요? 머리가 짧은 걸 보니. 얼굴도 검고. 그렇죠?"

"예."

"재미있었어요?"

"재미라구요? 무슨 그런 농담을! 끔찍했죠."

나는 웃으며 말했다. 그리고 한 박자 늦게 가슴이 갑갑해져왔다. 그녀가 이학년이나 삼학년이라면, 내 동정을 바치기는커녕 그야말로 플라토닉 러브로 끝날 가능성이 백 프로가 아닌가. 박정희가 아직 살아 있던 때였다. 그 시절 대한민국에서 연하남과 연상녀의 사랑은 거의 '금지된 장난'이었다. 그래서 그녀는 불편한 기색으로 한숨을 내쉰 것인가? 바보 같은 나와 달리 첫눈에 그걸 간파하고서?

"난 재수했어요. 종로 뒷골목에서 좀 놀았죠."

나는 일단 나이를 한 살 끌어올렸다.

"아, 그러세요?"

그녀는 뜻밖이라는 듯 고개를 끄덕였다. 순간, 나는 그녀가 구체적인 걸 물을까봐 바짝 긴장했지만, 그녀는 나른하고 화사한 웃음을 머금고서 나를 바라보는가 싶더니 어느새 다시 〈드라큘라〉쪽으로 눈길을 돌렸다. 그뿐이었다. 자신은 이학년이라든지, 사학년이라든지, 가짜 학생이라든지, A교수의 정부라든지, 뭐 그런 걸 말할 순서였지만 그냥 입을 꾹 다물어버렸다.

대화가 끊어지자 나는 초조해졌다. 어쩐지 곧 파탄날 것만 같았다. 나는 그녀가 나를 쳐다보고 있지 않은데도 그녀의 말을 잘 알아들었다는 듯 괜히 고개를 끄덕끄덕했다. 그러다가 처음으로 후루룩 커피를 마셨다. 불행하게도 너무 많은 양이 한꺼번에 빨려들어왔다. 뜨거워서 입이 폭발할 것 같았다. 뜨거운 갈색 물을 와락 잔 속에 뱉고 나니 으 하고 절로 신음소리가 새어 나왔다. 여자가 나를 바라보았다.

"왜 그러세요?"

"아, 아, 아니에요."

나는 더듬거리면서 얼른 덧붙였다.

"보, 보, 봄날 오후의 커피, 맛있는데요?"
그러면서 내 침이 섞인 커피를 한 모금 또 마시고는 얼른 냉수를 들이켰다. 그녀가 측은하다는 듯 빤히 바라보았다.
"왜 그런 눈으로 보세요?"
"이게 맛있다구요?"
"네?"
그녀는 잔을 들고 개처럼 쿵쿵 냄새를 맡더니 챙 소리가 나게 내려놓았다.
"어휴, 구정물 같아."
"네? 구정물……?"
드디어 올 것이 온 모양이었다.
"미안해요. 난 여기 커피 안 마시기로 결심했어요. 지난겨울부터."
"아아, 예."
나는 다 이해한다는 듯이 열심히 고개를 끄덕여주었다. 그러나 실은 약간 얼이 빠져서 그녀가 무슨 소리를 하고 있는지도 몰랐다.
"아까 얘기했어야 했는데. 괜찮죠?"
그녀가 말했다. 그러고는 뭐가 괜찮다는 건지 내가 알아차릴 시간도 주지 않고 기타를 둘러메고는 출구를 향해 걸음을 떼어놓았다. 담배연기를 뿜어대던 남자 관중들의 시선이 또다시 그녀를 향해 질주를 시작했다.

　나는 잠시 가만히 앉아 있었다. 뭐가 문제인지 파악이 되질 않았다. 나는 순서대로 되짚어보았다. 음악감상실에서 나는 그녀에게 실수를 했다. 나는 사과의 뜻으로 커피를 사겠다고 했다. 그녀는 흔쾌히 동의하고 '옹달샘'으로 따라왔다. 그런데 뭐가 문제지? 역시 내가 일학년이라는 게 문제야? 설마 그녀에게 구정물 같다는 이 커피 때문에?

　생각은 자신의 좌표를 깨닫게 해주는 법이다. 나는 곧 혼란스러운 좌절감에서 벗어나 나 자신으로 돌아왔다. 몹시 불쾌했다. 나의 호의를 그런 식으로 짓밟다니. 게다가 순전히 내 잘못이긴 하지만, 어쨌든 나는 뜨거운 커피 때문에 입천장이 다 벗겨졌다. 속이 뒤틀렸다. 그녀를 붙잡아서 내 침이 섞인 이 뜨거운 구정물을 머리에 쏟아붓고 한 대 때려주고 싶었다. 나는 '옹달샘' 밖으로 사라져버린 그녀를 쫓아 나갔다. 나를 비웃는 관중들의 야유가 들려오는 듯했다.

　나는 허둥지둥 사층 로비로 나가 두리번거렸다. 그녀는 보이지 않았다. 벌써 계단을 내려가버린 것인가. 아니었다. 그녀는 나를 기다리고 있었다. 기세로 보아서는 그냥 사라져버릴 것 같더니, 그녀는 무슨 생각인지 계단 입구에 서 있었다. 그녀가 먼저 나를 발견하고 불렀으므로 나를 기다렸다고 볼 수밖에 없었다.

"여기예요, 여기."

그녀는 제법 포근한 미소까지 머금고 태연하게 말했다. 나는 다급한 속을 들킨 듯해 얼굴이 달아올랐다.

"밖으로 나갈 거 아니에요? 아니면 나 혼자 가구요."

그녀가 재미있다는 듯한 표정으로 말을 이었다.

"아, 가야죠. 같이 가요."

내가 자석에 끌려드는 쇠붙이처럼 얼른 말하자 그녀는 돌아서서 계단을 내려가기 시작했고, 나 역시 후닥닥 그 뒤를 따라붙었다. 뜨거운 구정물을 머리에 쏟아붓고 한 대 때려주자는 열망은 즉시 폐기되었다. 그녀는 말없이 계단을 내려갔다. 나도 아무 말 하지 않았다. 우리는 마치 침묵 시합이라도 벌이듯 입을 꼭 닫은 채 일층 로비로 내려갔다. 그리고 싸우기 시작했다.

"저, 아까 낮잠 말인데요."

나의 그 말이 선전포고였다.

"네?"

그녀가 바로 되받았다. 네가 졌지? 라고 말하는 것 같았다.

"낮잠 자기에 더 좋은 장소 알려줄까요? 이미 알고 있는지 모르겠지만 하나 더 알아두면 좋죠."

"낮잠 자기 좋은 곳이요?"

"예."

"그게 왜 나한테 필요하다는 거죠?"

"좀 전에 자지 않았어요?"

"자요?"

"아니에요?"

"아닌데요."

우리는 사람들이 왔다갔다하는 일층 로비 한가운데 서 있었다. 나는 서점 안으로 사라지는 책수레를 멍하니 바라보다가 말했다.

"아니, 좀 전에 분명히……"

"아니라니까요."

그녀는 단호하게 내 말을 자르더니 말을 이었다.

"거긴 음악감상실에서 잠이나 자고 그러나보죠?"

"그럼요."

나는 진실에 입각하여 그렇게 말했다. 하지만 그녀는 노골적으로 안됐다는 표정을 지어 보였다.

"오모나, 그랬군요. 하지만 난 아니에요."

"아니라구요?"

"그래요, 아니에요. 난. 동지가 되어주지 못해서 미안하네요, 정말."

나는 화가 났다.

"에이, 잤으면서 왜 그래요? 좀 솔직할 수 없어요?"

그러자 그녀는 하늘하늘한 몸매와 전혀 어울리지 않게 고함을 질러서 내 목소리를 짓눌러버렸다.

"난 안 잤다니까요! 별꼴이야, 정말!"

그녀의 외침에 기가 질렸지만 나는 금세 기력을 회복한 다음, 그녀가 음악감상실의 의자 뒤에 버린 솜뭉치를 찾아오기 위해 뛰어가려다가 어느새 몰려든 게걸스런 관중들의 눈길에 슬그머니 마음을 접고 말았다.

"뭐, 좋아요. 그럼 안 잔 걸로 해요. 오늘같이 싱그러운 봄날 오후에 싸우고 싶진 않으니까."

아, 나는 얼마나 그녀와 자고 싶었던 것인가.

"안 잔 길로 허디뇨? 난 정말로 안 잤단 말예요. 무슨 말을 그렇게 하세요? 사람 말을 그렇게 못 믿어요?"

제기랄, 나는 결국 항복하고 말았다.

"알았어요, 알았어. 나 혼자 잤어요, 나 혼자. 나 혼자 잤다구요. 돼지처럼 쿨쿨, 됐어요?"

그녀는 바깥의 마른 분수대를 바라보며 잠시 서 있었다. 입을 꼭 다문 그녀의 옆얼굴이 어쩐지 쓸쓸해 보였다. 이윽고 그녀가 다시 걸음을 떼었을 때 나는 갈등에 사로잡혔다. 이 까다로운 정체불명의 코스모스를 따라가야 하는가 말아야 하는가. 나는 일부러 천천히 걸어가면서 결론을 내렸다. 설사 여기서 막을 내리더라도 최소한 한 방은 먹여주자. 그런데 어떻게?

그때 새로운 변수가 등장했다. 서류봉투에 담겨서 내 손에 들려 있어야 할 『플레이보이』가 보이지 않았다. 가방에도 없었다. 그렇다면? 음악감상실의 어둠 속에 흘린 게 틀림없었다. 나는 고속으로 머리를 굴리기 시작했다. 이건 어쩌면 좋은 기회가 될 수 있을 것 같았다.

『플레이보이』를 잃어버린 걸 알면 고형진이 나를 죽이려 들 테니 나는 지금 당장 그걸 찾으러 갈 것이다. 그래서 만약 그동안 이 여자가 나를 기다려준다면 계속해서 내 인생 최초의 진정한 포르노-플라토닉 러브의 상대로 숭배할 것이고, 사라져버린다면 찰리 채플린처럼 뒷발질을 한 번 하고는 미련 없이 굿바이다.

나는 내 머리가 짜낸 아이디어에 박수를 보내면서 히틀러의 졸개처럼 한 손을 번쩍 쳐들었다.

"잠깐!"

그녀가 깜짝 놀라며 뒤돌아보았다.

"잊어버린 게 있어요. 여기서 잠깐만 기다려주세요. 잠깐이면 돼요."

나는 그녀의 대답을 기다리지 않고 바로 돌아섰다. 그리고 고속으로 로비를 가로질러 계단을 뛰어올라갔다. 그 즉시 그녀가 그리웠고, 그녀가 보고 싶었고, 그녀와 나란히 뭉게구름이 보이는 초록 언덕에 드러누워 『페터 카멘친트』를 읽고 싶었다. 그녀를 보기 위하여 두 눈이 마구 안면을 뒤통수 쪽으로 잡아당기고 있었다. 나는 지지 않기 위하여 두 눈을 부릅뜨고 단숨에 삼층까지 뛰어올라갔다.

 그러나 음악감상실엔 『플레이보이』가 없었다. 달랑 서류봉투만 남아 있었다. 어떤 놈이 웬 떡이냐며 가져간 게 분명했다. 나는 그 어둡고 좁은 공간을 샅샅이 뒤지며 형진의 손에 죽지 않으려면 어떻게 해야 할까 생각했다. 청계천에 가서 쭈뼛거리며 제법 큰돈을 주고 대용품을 구입해야 할 텐데, 그러면 형진은 이렇게 말하겠지?

 '내가 좋아하는 그 금발 여자가 없잖아, 인마. 어서 점심 사. 저녁엔 술 사고. 내일도 밥 사, 술도 사고.'

 하지만 그건 나중 문제였다. 지금은 그녀가 나를 기다리고 있는가 사라져버렸는가 하는 게 더 문제였다. 나는 발작적으로 계단을 뛰어내려갔다.

 그녀는 없었다. 아니, 있었다. 그녀는 내가 "잠깐!" 하며 불러 세웠던 그 자리가 아니라, 바깥으로 나가서 사람들이 오가는 길가에 가로등처럼 서 있었다. 빨간 물방울무늬 연분홍 원피스를 입은 그녀는 천사 같았다. 그녀를 본 순간 『플레이보이』 따위는 아무래도 좋았다. 나는 찢어지려는 입을 간신히 오므리며 살짝 웃었다. 그리고 우리는 짧은 평화 끝에 또다시 싸움을 벌였다.
　내가 다가가자 그녀는 아무 일도 없었다는 듯 다시 걸음을 옮기기 시작했다. 나는 애써 태연함을 가장하고 있는 그 예쁜 모습을 보면서, 그녀가 내게 상당한 호감을 품고 있음이 명백하다고 결론내렸다. 그게 아니라면, 나와 말다툼을 하면서까지 이렇게 나를 기다리고 있을 턱이 없지 않겠는가.
　"이런 질문 어떻게 생각할지 모르겠지만……"
　또다시 희망에 부푼 내가 말을 꺼냈는데, 그게 새로운 싸움의 씨앗이었다.
　"뭔데요?"
　그녀가 내 말을 가로챘다.
　"사람들은 꿈이니 희망이니 이런 말을 쓰는데……"
　"장래희망이 뭐냐?"
　또 그녀가 내 말을 가로채더니 말을 이었다.
　"졸업했다면서 왜 아직 캠퍼스를 배회하고 있느냐, 이런 걸 묻고 싶겠죠?"
　"졸업했다구요?"
　"예, 아까 말했잖아요. '옹달샘'에서."
　그녀는 그런 말을 한 적이 없었다. 하지만 언제 그런 말을 했느냐고 따질 계제가 아니었다. 졸업을 했다면 나보다 최소한 서너 살은 더 많을 게 아닌가. 나는 다시 절망했다. 재수를 했다고 말했지만 사실은 사수를 했다고 거짓말을 키울까? 하지만 내가 그 나이로 보일까? 하기야 그녀도 전혀 졸업생처럼 보이지 않는데? 잘해야 이학년?

"난 가수가 꿈이에요."

그녀가 말했지만 귀에 들어올 리 없었다. 단언컨대, 그 시절 속임수나 정략결혼이 아닌 한, 서너 살 아래의 남자와 사랑에 빠지려는 여자는, 그것도 기타를 둘러멘 봄볕처럼 맑고 예쁜 여자는 대한민국에 없었다. 위기의식을 느낀 나는 그녀의 말을 듣는 둥 마는 둥 하다가 다짜고짜 길가의 잡초와 꽃들을 마구 꺾어서 조그만 꽃다발을 만들어 그녀에게 내밀었다.

"뭐예요?"

"받아요."

"왜요?"

이판사판이었다. 나는 입에서 나오는 대로 마구 떠들어버렸다.

"왠지 모르겠지만 처음 본 순간부터 최소한 삼 년은 사귀어온 사이처럼 친밀하게 느껴졌어요. 그리고 앞으로 계속 함께해야 할 사람이다, 이런 느낌도 들고요. 이 느낌을 빨리 전하지 않으면 심장이 터질 것 같아요."

그녀는 눈을 내리깐 채 종달새 둥지 같은 그 잡초꽃 뭉치를 가만히 바라보았다. 그러더니 빙그레 웃으며 얼굴을 들었다.

"이거나 좀 받아요."

그녀는 어깨에 메고 있던 기타를 벗어 내게 안기며 내 손에서 꽃다발, 이라고 하기엔 좀 뭣한 그 잡초꽃 뭉치를 빼앗아갔다. 나는 감탄했다. 어떤 영화에서도 그런 씩씩하고 솔직한 애정 표현은 본 적이 없었다. 그녀는 예쁘고 까다로울 뿐만 아니라 화끈하기까지 했다. 우리는 한결 느려진 걸음으로 다시 걷기 시작했다.

"얘기해보세요."

그녀가 말했다. 그래, 뭔가 얘기를 해야 했다. 하지만 당신을 나의 첫번째 진정한 포르노-플라토닉 러브의 상대로 찍었다고 말할 수는 없었다.

"난 우리의 만남이 우연이 아니라고 생각해요."

나는 선언했다.

"그래서요?"

"우리의 만남을 계속 이어가보자는 거죠."

"이어가서요?"

"멋진 연인이 되는 거죠."

그녀는 말이 없었다. 호흡을 따라 오르락내리락하는 그녀의 가슴만이 대신 말을 하고 있었다. 나는 두근거리는 내 심장 소리로 그 율동에 화답했다.

"그래서 이제 어떻게 할 건데요?"

그녀가 물었다. 나는 그녀를 끌어안고 진한 키스로, 말이 아닌 몸으로 그 질문에 답하고 싶었으나, 우울한 시국과 오가는 남녀 관중들의 질투 어린 고통을 고려하여 쪽지에 내 이름과 학과와 자취방 주소와 주인집 전화번호를 적어서 건네기만 했다.

그녀는 한참 동안 무슨 암호라도 되는 양 쪽지를 들여다보았다. 나는 그런 그녀의 옆얼굴을 언제까지라도 좋다는 심정으로 바라보았다. 그녀의 하얀 얼굴에 희미하게 떠오른 알 수 없는 그림자조차 아름답게 보였다. 갑작스러운 나의 접근에 그녀가 당황하고 있다고 나는 생각했다. 하지만 모든 만남은 갑작스러운 게 아닌가. 이윽고 그녀가 웃는 낯으로 나를 바라보며 자기 이름은 박은영이라고 했다.

"다른 건 비밀이에요."

그건 불공정거래였지만 참기로 했다. 내가 추정한 우리의 나이 차이로 인해 이미 파탄이 났어야 함에도 어쨌든 우리 관계는 계속 굴러가고 있었기 때문이었다. 나는 우리 사이를 더욱 튼튼하게 묶어놓기 위하여 얼른 중단된 화제, 즉 장래희망으로 되돌아갔다. 그게 우리를 묶어주기는커녕 대폭발을 일으키게 될 줄은 꿈에도 모르고서.

"가수가 꿈이라구요?"

"예."

"뭐 그것도 괜찮겠죠."

"말투가 왜 그래요? 못 할 거 같아요? 혹시 비웃는 거예요?"

"천만에요. 비웃다뇨?"

사실 나는 비웃었다, 라고 할 수는 없어도 내심 좀 허황한 꿈이 아닐까 생각하고 있었다.

"헛된 꿈을 꾸고 있구나 싶은 거죠?"

그녀가 내 속을 짐작한 듯 그렇게 말하자 나는 바로 오리발을 내밀었다.

"아니라니까 그래요!"

"정말이에요?"

"그럼요. 인생은 과정이 중요하니까 최선을 다하는 건 아름다운 거죠."

"그래서요?"

"그래서가 아니고 따라서 박은영은 아름답다!"

다시 그녀의 얼굴에 웃음이 떠올랐다. 그런 다음 심각한 지각변동을 일으켰는데, 지진으로 치자면 족히 진도 8은 되었다. 그녀는 자기 기타에 머리를 얻어맞은 그 순간부터 바로 이때를 기다려왔다는 듯이 재빠르고도 열광적으로 떠들어대기 시작했다.

"난 십만 명의 사람들을 모아놓고 노래하고 싶어요. 아름다운 선율과 화음으로 사랑, 평화, 행복, 평등한 세상, 전쟁 반대 등을 노래하는 거예요. 한번 생각해보세요. 십만 명의 사람들이 환호하는 광경을! 상상이 되세요? 난 지금은 혼자 노래하지만 언젠가는 피터, 폴 앤 메리 같은……"

그녀는 계속 떠들었고, 나는 고속으로 경악했다. 십만 명이라니, 이 여자가 돌아도 한참 돈 게 아닌가? 십만 명의 지친 군중을 투쟁으로 이끈 잔 다르크 같은 여신이 되겠다는 거면 몰라도—문무대에서 재미있었느냐고 묻는 걸 보면 그럴 가능성도 없었지만—십만 명을 모아놓고 노래를 부르는 가수가 되겠다니!

"이만하면 멋진 꿈이죠?"

그녀의 두 눈이 광채를 내뿜고 있었다. 문득 뜻을 알 수 없는 불길한 느낌이 한 가닥 광선처럼 내 마음을 뚫고 지나갔다.

"사람은 누구나 행복, 사랑, 평화와 같은 아름다움을 꿈꾸죠. 그 꿈이 바로 내가 말한 십만 명의 의미예요."

그녀는 내 기분은 아랑곳하지 않고 꽤 진지하게 덧붙였다.

"그래서요?"

"누군가 나서서 그들의 꿈을 노래해줘야 한다는 거죠."

"왜요?"

"그러지 않으면 슬프고, 외롭고, 힘들고……"

"어쩌면 미치거나."

내가 농담조로 슬쩍 끼어들었는데도 그녀는 진지했다.

"그래요, 그럴 수도 있겠죠."

"하지만……"

"네? 하지만 뭐요?"

나는 심호흡을 했다. 그러고는 언제나처럼 내가 생각하는 진실에 입각하여 말해버리고 말았다.

"뜻은 좋지만, 십만 명은 지나친 희망, 그러니까 일종의 망상 같은데요?"

그녀의 반짝이던 눈이 쨍그랑 하고 깨어졌다. 열광하는 십만 명의 꿈들과 함께 꽃처럼 피어오르던 그녀의 얼굴이 침울하게 일그러졌다.

"뭐라구요?"

그녀가 멈춰 서며 말했다. 또다시 위기였다. 재빨리 따져보니 구정물 커피와 낮잠 소동에 이어 벌써 세번째였다. 어떻게 해야 할지 알 수 없었다. 그녀도 어떻게 해야 할지 모르는 것 같았다. 그저 나를 뚫어져라 바라보기만 했다. 꼭 탈의실에서 옷 갈아입는 자신을 훔쳐보다 걸린 악동을 앞에 둔 마음 약한 여선생님 같았다.

"망상이라구요? 기가 막혀서."

이윽고 그녀가 말했다. 나는 그녀에게 가까이 다가섰다.

"좀 진정하세요. 망상이라고 했지만 그건 그러니까, 지나친 희망이라고 풀이를 달았듯이, 말하자면……"

"그만두세요!"

그녀가 소리를 질렀다.

"우선 내 말을 좀 듣고……"

"필요 없어요. 그거 이리 내놔요."

그녀는 기타를 낚아채 어깨에 걸쳤다. 원래 그녀의 것임에도 왠지 빼앗기는 기분이었다.

"에이!"

그녀는 종달새 둥지를 잔디밭에 던져버렸다. 그리고 나를 쏘아보았다.

"따라오지 말아요."

"그러지 말고 저기 학교 앞에 있는 '집오리다방'에 가서 구정물 같은 커피 말고 제대로 된 맛있는 커피라도 한잔 하면서……"

"시끄러워요. 여기 꼼짝 말고 서서 그놈의 망상 생각이나 실컷 하세요. 정말 악질이야!"

그녀는 발레리나처럼 휙 돌아섰다. 그리고 연속동작으로 훌쩍 나아갔다. 몹시 화가 나 있었으므로 그 행동은 적절한 것이었다. 하지만 전혀 적절하지 못한 회전각도 때문에 곧 좌절을 겪어야 했다. 그녀는 길가의 흔들이 원형쓰레기통에 부딪혀 나동그라지고 말았다.

그녀가 꺄악 비명을 지르고, 투당탕 기타가 회답하자, 그때까지 왜 아직 나타나지 않은 걸까 머리 한쪽으로 의아하게 생각하고 있었던, 공허에 질린 게걸스런 관중들이 침을 질질 흘리면서 우리를 에워쌌다. 나는 그들의 시선을 의식하고는 재빨리 일어나려고 하는 그녀를 부축해주었다.

"괜찮아요?"

"이거 놔요."

그녀는 나의 손을 뿌리쳤다. 나는 다시 잡았다.

"놓으라니까요."

나는 손을 놓았다. 그녀가 기타를 집어들 때 그녀의 무릎에 빨갛게 피가 밴 것이 보였다.

"어이쿠, 피가 나는데요? 어디 좀 봐요."

"무슨 상관이에요?"

그녀는 신경질을 내며 돌아서려고 했다.

"고집 부리지 말고 어디 좀 봐요."

"상관없다니까요."

"난 상관있어요."

나는 한 손으로 그녀의 팔을 슬쩍 잡으며 제지했다. 그리고 무릎의 상처를 제대로 보려고 원피스 끝자락을 조금 들추었다. 그때 그녀가 나의 사타구니를 걷어찼다. 와와 하고 못된 관중들이 환호했고, 일 초 뒤에 퍽 소리가 났다. 나는 한 번도 사용해본 적이 없는 나의 그것이 터진 줄 알았다. 다행히도 그건 아니었다. 숨이 막히며 고꾸라질 때 무릎이 아스팔트와 부딪히며 낸

소리였다.

　나는 두 손을 사타구니에 쑤셔넣었다. 맑은 계곡물처럼 졸졸 흘러가던 시간은 끈적끈적한 아교가 되어 있었다. 나는 사타구니를 향하여 하염없이 절을 했다. 그저 견디는 것 외에는 도리가 없었다. 나는 온몸을 식은땀으로 도배하면서 기다리고 또 기다렸다.

　마침내 고통의 절정에서 내려오자 나의 두 눈에는 눈물이 고여 있었다. 나는 그 아른아른하는 소금물 너머로 그녀를 찾았다. 그녀는 검고 아름다운 머리카락을 휘날리며 교문을 향해 마구 뛰어가고 있었다. 당장은 뛸 수도 없거니와 뛰어가더라도 붙잡을 수 없을 것 같았다. 다시 만날 수 있을까? 나는 얼얼한 나의 그놈을 청바지 위로 쓰다듬으면서 안타깝게 생각했다.

　열광했던 간사한 관중들은 이미 흩어지고 없었다. 나는 화단에 걸터앉아 연거푸 세 개비의 담배를 피웠다. 온몸을 굽는 듯한 고통이 끝나가면서 아늑한 적막감과 평화가 찾아왔다. 나는 통증이 완전히 가신 뒤에도 그대로 앉아 있었다. 머릿속으로 그녀의 맑은 얼굴과 코스모스 같은 몸매와 미소가 떠올랐다.『플레이보이』의 벌거벗은 금발 여자는 전혀 생각나지 않았다.

　그렇게 박은영은 나의 별이 되었다. 그녀는 밤에도 낮에도 스러지지 않는 나의 별이었다. 바깥을 향한 눈길을 거두어 가만히 내 안을 들여다보면, 그녀는 언제나 내 눈길보다 조금 더 높은 곳에서 나를 내려다보고 있었다. 그 별은 세상과 청춘에 실망한 나를 위해서 누군가 보내준 아름답고 가슴 아픈 선물 같았다. 나는 그녀를 그렇게 받아들였다.

직설적으로 말해보자. 스무 살의 나는 대학생활에 절망해 있었다. 하지만 그 절망은 나의 순진한 기대가 늘어뜨린 그림자였다. 그러니 내가 바보였다. 고등학교를 졸업한 뒤 나는 우리 집 마당에서 그 우스꽝스러운 제국주의풍의 까만 교복에 불을 질렀다. 그러면서 내 앞에 유토피아라도 기다리고 있을 줄 알았다.

나에게 고등학교는 야만적인 수용소였다. 지금도 나는 그렇게 생각한다. 그 시절의 군사적인 교정을 떠올리면 언제나 분노가 끓어오른다. 그 폭력적인 세월을 아름답게 회고하는 내 또래들을 나는 이해할 수 없다. 그 바보 같은 감상을 접하면 구역질이 나려고 한다. 노란 양철단추가 달린 교복을 분노 없이 회고하는 것은 청춘을 향한 잘못 겨냥된 그리움일 뿐이다.

어둠이 짙으면 밝음에 대한 기대가 망상 수준으로 커진다. 내가 그랬다. 나는 대학을 숭배했다. 대학은 절망한 나를 이끄는 깃발이자 유토피아였다. 그러나 정작 대학생이 되자 그 깃발은 금세 찢겨버렸다. 우주는 여전히 침묵하는 우주였고, 나무들은 그저 저 홀로 잘 자라거나 말라 죽었으며, 세상은 더 많은 모순과 억압으로 나를 위협했다. 그나마 두들겨패는 교수가 없다는 게 천만다행이었다.

　나는 곧 기대를 접어버렸다. 나는 나의 망상을 탓했다. 그러자 별처럼 아득한 공허감이 나를 차지했다. 나는 웃기 시작했다. 가끔씩은 까마득한 존재의 밑바닥으로 추락하는 듯한 암흑 속에서 홀로 웃었다. 그것은 설명할 수 없는 웃음이었다. 그저 이렇게 말할 수밖에 없었다. 한번 잘 생각해봐. 그러면 모든 게 얼마나 우스운지 알게 될 거야.

　그런 내 앞에 그 여자, 박은영이 나타났다. 그녀는 새로운 깃발이었다. 또다시 거대한 기대가 내 몸을 채웠다. 하늘로 비약하여 날갯짓을 할 수 있을 것 같았다. 이건 또하나의 순진한 기대가 아닐까? 그녀 뒤에 드리워진 길고 짙은 그림자를 내가 못 본 게 아닐까? 내가 새로운 종류의 바보가 된 건 아닐까? 나는 당혹스러웠고 불안했다. 하지만 열정이란 스스로 제 운명을 다하기 전에는 결코 꺾을 수 없는 것이다.

　월요일이었다. 나는 오후 강의 두 시간을 빼먹고 대강당 앞 벤치에서 시간을 보내고 있었다. 하늘에는 드문드문 흰 구름이 떠 있었고, 따가운 햇살이 내리쬐고 있었다. 머지않아 여름으로 들어설 것 같았다. 바람이 불건 말건, 세상이 자유롭건 말건, 내가 정체불명의 한 여자 때문에 가슴이 뻥 뚫린 채 정신을 못 차리건 말건, 초록 나뭇잎들은 잘도 자라고 있었다.

다섯시가 조금 지나자 고형진이 나타났다. 그는 교련복이 삐죽 튀어나온 검은 가방을 들고 건들건들 걸어왔다. 나는 머릿속 한구석에서 눈부신 조명을 받으며 웃고 있는 그 여자, 박은영과 함께 형진을 환영했다. 그래, 한번 가보자. 어떤 여자들이 기다리고 있는지. 우리 셋은 청계천 상가로 갔다. 『플레이보이』보다 더 비싸고 더 진보적으로 야한 것들이 수두룩했다.

그러나 형진은 그 비싼 진보 포르노들을 단호히 거절했다. 포르노에도 미학이 있다는 그의 말을 들으며 나는 처음으로 벌거벗은 박은영을 상상해보았다. 내 상상력은 빈약하기 그지없었다. 내가 본 나신은 고작 잃어버린 『플레이보이』의 그 여자가 다였다. 계단식 젖과 금색 털로 뒤덮인 분홍빛 꽃을 가진 여체에 박은영의 웃는 얼굴이 합성되었다. 나는 머리를 흔들어 그 영상을 떨쳐버렸다.

하루, 이틀, 일주일, 이 주일이 지나갔다. 나의 별은 내 몸에 뿌리를 내렸다. 그녀는 내 머리의, 내 마음의, 내 몸의 주인이 되었다. 음악감상실에서 클래식 원주민들과 눈싸움을 벌일 때도, 구정물 같은 '옹달샘' 커피를 마실 때도, 그녀가 부딪혀 넘어진 쓰레기통 옆에 서서 고독한 예비 관중들을 노려볼 때도, 시끄러운 팝송이 흐르는 학교 앞 '집오리다방'에 있을 때도, 그녀는 그림자처럼 나를 따라다녔다.
 그녀는 부드럽고 아름다운 정복자였다. 그녀는 한번 듣고 나면 도무지 떨쳐버릴 수 없는 감미로운 시엠송 토막들처럼 나를 점령했다. 나는 큐피드가 박아놓은 그 고약한 화살을 뽑아버리고 싶었다. 그러나 그럴 수 없었다. 피를 철철 흘리며 딸려나오는, 화살 꽂힌 붉은 심장의 영상이 나를 얼어붙게 했다. 내 곁에 없는 그녀가 나를 조종하고 있었다.
 나는 강의에 흥미를 잃어버렸다. 갑갑하여 정처 없이 이리저리 걸어다녔다. 그러다가 텅 빈 자취방으로 돌아와서 평소에는 잘 듣지 않던 심야 라디오프로를 들었으며, 늦게 일어나 허겁지겁 학교로 가서 아이들에게 시를 읽어주었다. 밥맛도 떨어졌고, 먹지 않아도 배가 고프지 않았다.
 나는 외로웠다. 충만하게 외로웠다. 기도실에서의 낮잠도, 역사와 우주에 대한 불안한 관심도 나의 외로움을 꺾지 못했다. 나는 집중적으로, 죽을힘을 다하여, 계속해서 오로지 한 여자만 생각하는 인간종, 즉 상사병 환자가 되어가고 있었다.
 어느 날 나는 자취방에 드러누워 그 여자, 박은영의 꿈에 대해 생각해보았다. 나에겐 무슨 꿈이 있는가? 아무것도 없었다. 부끄럽게도 나에겐 아무런 꿈이 없었다. 하지만 그녀는 십만 명의 사람들을 모아놓고 사랑과 평화와 행복과 평등한 세상과 전쟁 반대를 호소하는 아름다운 선율과 화음의 메신저가 되고 싶다고 했다.

　부주의하게도 나는 그것을 망상으로 규정했다. 그게 왜 망상인가? 그녀는 자기 꿈의 철학적 배경까지 제시하지 않았던가? 사람은 누구나 행복과 사랑과 평화 같은 아름다움을 꿈꾸는바, 그 꿈이 바로 그녀가 말한 십만 명의 의미였다. 세상 모든 사람들이 가슴에 무지개 같은 꿈을 품고 있으니 누군가 나서서 그들의 꿈을 노래해줘야 하는 것이다. 그러지 않으면 사람들은 슬프고 외롭고 힘들 테고, 내 스타일로 화끈하게 표현하자면 미치게 될 테니까.

　얼마나 논리적인가? 그녀의 꿈은 깊은 사색의 산물이었다. 즉흥적으로 늘어놓은 헛소리가 아니었다. 그런데도 나는 생각 없이 그걸 망상이라고 했다. 그리고 생각 깊은 그녀에게 나의 그녀석을 걷어차였으며, '옹달샘'에서는 뜨거운 커피를 마시다 입천장이 벗겨졌다. 나는 바보였다. 입천장이 벗겨지고 불알을 걷어차일 짓 만했다. 나는 주먹으로 내 머리를 쥐어박았다.

　학기말시험이 끝난 뒤였다. 같은 대학에 재학중인 고등학교 동문 모임이 있었다. 거기서 히피 스타일의 예비군 하나가 주먹으로 나의 머리를 쥐어박았다. 박은영을 그리워하며 내 주먹으로 쥐어박은 꼭 그 자리였다. 선배를 못 알아본다, 인사를 하지 않았다, 라는 게 이유였다.

중국음식과 술이 나오기 전에 히피는 우리 신입생들에게 자기소개를 하라고 했다. 내 차례가 되자 나는 장래희망이 여행가라고 되는대로 주워섬겼다. 그리고 아무 고등학교 몇회, 라고 말했다. 그러자 예비군 히피가 "바보야, 무슨 고등학교 몇회인지는 아니까 빼!"라며 박은영이 살고 있는 나의 머리를 또 쥐어박았다.

예비군 히피는 우리를 죽이려고 작정한 것 같았다. 그는 소주 열 병을 세숫대야만한 양푼에 들이붓더니 마시라고 했다. 경악하여 쳐다보니 한 사람이 다 마시는 게 아니라 각자 마실 수 있는 만큼만 마시는 거라고 했다. 똑똑한 서울 애들과 함께 살게 된 촌놈들로서 유대감을 갖자는 의도에서 하나의 그릇에 술을 담아 나눠마시는 거라는 설명이었다.

그는 확실히 머리가 덜 익은 진짜 촌놈 히피였다. 이차로 옮기기 전이었다. 이 촌놈 히피가 일학년들만 남으라고 하더니 J라는 사람을 아느냐고 물었다. 아무도 대답하지 못했다. 그러자 그는 땅이 꺼져라 한숨을 쉬었다. 그러고는 극히 비유적으로, 극히 모호하고 짧게, 약간 떨면서, 반체제적 발언인지 아닌지 통 분간이 안 되는 몇 마디를 웅얼웅얼 늘어놓은 다음, 두 눈 똑바로 뜨고 살라고 호통을 쳤다.

그 다음이 가관이었다. 그는 계엄령을 선포했다. "꼬라박아!" 우리는 모두 꼬라박았다. 공간이 협소하여 밥상 위에 박아도 된다는 게 그나마 다행이었다. 하지만 방바닥보다 높은 밥상 위에 박고 있어도 알코올 섞인 뜨거운 피가 머리로 쏠려서 눈알이 튀어나올 것만 같았다.

그때 나는 경험이 일천하여 그 히피를 단지 재미있고 웃기는 인간이라고만 생각했다. 하지만 이제는 아주 잘 알고 있다. 그는 인류의 전형적인 한 종이었다. 독재를 욕하면서 지독하게 독재적으로 구는 자기 배신적인 인간들—얼마나 흔해빠진 물건이며, 얼마나 웃기는 바보들인가!

히피는 상사병에 걸린 나의 뇌를 거꾸로 세워놓고 독재적으로 가지고 놀다가 이차 자리로 우리를 인솔했다. 우리를 일렬로 세우고 맨 앞에 선 그는 스스로를 신입자를 성숙으로 인도하는 피리 부는 사나이라는 둥, 이것저것 갖다붙이며 떠벌렸다. 눈알이 튀어나올 뻔한 굴욕을 강요하고서도 우리는 비실비실 웃으며 그 인간의 뒤를 졸졸 따라갔다.

밤의 거리에는 우리처럼 일렬로 걸어가는 한심한 아이들이 많았다. 양푼으로 소주를 마시고 눈알이 튀어나올 뻔한 녀석들이 좋다고 히죽거리고 있었다. 그들을 보고서야 정신이 들었다. 이 무슨 바보 노예 꼴인가. 나는 생각해보았다. 끔찍한 그림이 그려졌다. 이차를 가면 틀림없이 취해서 옥신각신할 것이다. 그러다가 히피가 토하고 힘이 빠져 빌빌대면 내가 그의 코를 물어뜯겠지? 나는 히피가 '집오리다방' 옆골목으로 꺾어든 순간 재빨리 대열에서 떨어져나와버렸다.

　방학에 들어간 대학은 텅 비어 있었다. 대학생이 지금의 반의 반밖에 안 되던 시절이었다. 캠퍼스에는 초록 식물들과 맑고 뜨거운 햇살만이 가득 차 있었다. 나는 땡볕이 쏟아지는 잔디밭에 드러누워 책을 읽거나 음악감상실에서 슈베르트를 들으며 빈둥거리다가 학교 앞 한산한 거리를 배회하곤 했다. 그녀에게 걷어차인 나의 그 녀석을 때와 장소를 가리지 않고 쓰다듬었으며, 연분홍 원피스나 기타만 보이면 가슴이 철렁했다.
　그러던 어느 날 늦은 오후였다. 마침내 그녀가 나타났다. 그녀에 대한 그리움이 세상에 대한 원망으로 전화하여 들끓고 있을 때였다. 나는 고향의 바다 냄새를 느끼려고 어시장을 어슬렁거리며 나 자신을 포함한 전 인류를 맹비난하고 있었다. 왜 인간들은 이렇게 어리석을까? 왜 함께 논밭을 갈아서 공평하게 나누며 오순도순 살지 못하는가? 이 꽁치 같은, 고통받아 마땅한 바보들아!
　다시 거리로 나섰을 때 나는 내 눈을 의심했다. 무심코 눈길을 던진 이차선도로 건너 인도에 그녀가 있었다. 나의 불알을 걷어차고 도망쳐놓고도 나에게서 지속적이고 열렬한 사랑을 받아온 박은영이 거기 있었다. 그녀는 나와 그녀를 엮어준 위대한 소도구인 그 기타를 둘러메고 주변의 공기를 동요시키면서 천천히 걸음을 옮기고 있었다.

 순간, 불행했던 지난 시간들이 환한 빛을 발하기 시작했다. 그때 내가 마주쳤던 감정을 어떻게 표현해야 할까? 우주가 탄생했던 저 까마득한 최초의 순간까지 거슬러올라가서, 거기서부터 나와 그녀가 두번째로 마주친 그 순간까지 모조리 이야기하고 싶을 정도였다고 할까? 그러니까 태초에 빅뱅이 있었고, 거기서 별들이 탄생했고, 태양이 생겼고, 달과 지구가 생겼고, 마침내 단백질이 합성되었고, 아메바, 공룡, 침팬지, 크로마뇽인이 출현했고, 어떤 곰 한 마리가 인간이 되어보겠다고 동굴 속에서 마늘만 먹고 살았는데 그로부터 까마득한 세월이 흐른 어느 날, 대학 학생회관 음악감상실에서 계단식 젖과 금색 털로 뒤덮인 분홍빛 꽃을 가진 여자에 빠져 있다가 잠에서 깨어보니……

 박은영은 청색 물방울무늬의 하늘색 원피스를 입고 있었다. 청회색 케이스에 넣어 어깨에 둘러멘 기타가 없었으면 그녀를 알아보지 못했을 것 같았다. 나는 기타에 감사하며 마치 외로운 나비처럼 느린 듯 빠른 듯 걸어가고 있는 그녀를 따라갔다. 그녀의 머리카락과 원피스 자락과 흔들거리는 팔과 다리와 몸짓이 만들어내는 아름다운 곡선들이 나를 황홀한 춤꾼으로 만들어놓았다.

 나는 춤을 추며 그녀를 따라갔다. 횡단보도에서 멈춰 설 듯하더니 그녀는 곧장 걸어갔다. 상가가 야금야금 잠식중인 주택가 방향이었다. 갑자기 그녀가 사라졌다. 신호가 바뀌자마자 나는 행인들을 헤치며 뛰어갔다. 다시 그녀가 보였다. 낡은 집들 사이 사이 새로운 건물이 들어선 골목길을 걷고 있었다.

얼마 뒤 그녀는 더 좁은 골목으로 꺾어들어가 한 건물 지하로 내려갔다. '오르페우스'라는 이름의 주점이었다. 형진이한테서 들은 적이 있었다. 밥 딜런, 조앤 바에즈 같은 포크송만 틀며, 구석의 무대에서 누구든 기타를 치며 노래를 부를 수 있다는 곳이었다.

나는 건물 입구에서 심호흡을 하며 두근거리는 가슴을 가라앉혔다. 그러고는 지하로 내려가려다가 멈춰 섰다. 뭔가 극적인 게 필요하다는 생각이 들었다. 바보처럼 그냥 "어, 또 만났군요!" 하고 말 수는 없었다. 그럼 어떻게 하지? 나는 그녀가 분신처럼 둘러메고 있는 기타를 생각했다. 그렇다면 '오르페우스'에서 노래를 부르는 것이 아닐까?

머릿속에 불꽃이 번쩍 일었다. 나는 꽃다발을 떠올렸다. 종달새 둥지 같은 잡초꽃 뭉치가 아니라 제대로 된 장미 다발. 그걸 노래를 마친 그녀에게 주는 것이다. 나는 꽃집을 찾아 큰길로 뛰어갔다. 그리고 십오 분 뒤, 땀을 뻘뻘 흘리며 대야만한 꽃다발을 들고 오르페우스로 되돌아갔다.

나는 두근거리는 가슴을 진정시키며 곳간문 같은 나무문을 조심스레 열었다. 창고를 개조해놓은 듯한, 넓지도 좁지도 않은 조촐한 공간이었다. 벽도 천장도 온통 판자로 되어 있어서 커다란 사과궤짝 같았다. 시멘트 바닥에 둥근 원탁이 일곱 개쯤 있고, 주방으로 통하는 카운터에는 통나무 바가 있었다. 카운터 뒷벽에 엘피판이 가득 꽂혀 있고, 그 반대편 안쪽에 노래를 부를 수 있는 조그만 무대가 있었다.

내 예상이 적중했다. 박은영이 거기서 노래를 부르고 있었다. 그녀는 고개를 옆으로 돌린 채 기타를 퉁기며 피터, 폴 앤 메리의 〈500miles〉를 부르고 있었다. 들어줄 만한 솜씨였다. 다만 아직 해가 지지 않은 시각이라 관중이라고는 탁자 하나를 차지한 다섯 명의 남녀뿐이었다. 그 다섯 명도 자기들끼리 술을 마시고 얘기를 나누는 이기적인 자들이어서 온전히 그녀의 노래를 듣고 있다고는 볼 수 없었다.

나는 나의 등장을 그녀가 눈치채지 못하도록 살며시 바에 걸터앉았다. 그녀가 설혹 나를 본다고 하더라도 나의 등이나, 잘해야 뒤통수가 더 많이 차지하는 옆얼굴만 볼 수 있도록 삐딱하게 앉았다. 바 안쪽 아래서 뭔가를 만들고 있던 털북숭이 남자가 꽃다발에서 내 얼굴로 시선을 옮기더니 무얼 마시겠느냐고 물었다. 내가 맥주 한 병을 시키자 그가 맥주와 땅콩을 내놓았다.

"잘 부르는데요?"

어깨 너머로 턱짓을 하며 속삭이자 그가 바로 받아쳤다.

"그런가?"

"아니라고 생각하세요?"

"난 별로 생각 안 해."

그는 졸고 있는 곰 같았다. 그때 박은영의 노래가 끝났으나 아무도 박수를 치지 않았다. 좀 안돼 보였다. 하지만 그건 내가 잘못 생각한 것이었다. 왜냐하면 그녀 쪽에서도 노래가 끝난 뒤 가벼운 목례조차 하지 않았기 때문이다. 듣든지 말든지 상관없다는 식이었다. 그렇다면 왜 이곳에서 노래를 하는 것일까? 아르바이트를 하는 것도 아니고, 자기 친구들과 함께 와서 놀고 있는 것도 아닌데. 미래의 무대를 위한 연습인가?

그녀가 새 노래를 부르기 시작했다. 역시 피터, 폴 앤 메리의 〈gone the rainbow〉였다.

"저 여자, 여기서 노래 자주 불러요?"

"가끔."

아주 과묵한 털보였다.

"혼자서요?"

"음."

이 사람 혹시 자고 있는 게 아닐까, 그러니까 꿈속에서 자신도 모르게 술을 팔고 있는 게 아닐까, 라고 상상하며 내가 웃자 그가 물었다.

"왜?"

"이상해서요."

"내가?"

"아뇨."

"그럼?"

"저 여자요."

"왜?"

"친구들하고 노는 것도 아니고, 노래를 부른다고 아저씨가 돈을 주는 것도 아닐 텐데, 그렇죠?"

"그래."

"그런데 왜 여기서 노래를 부르죠? 아직 해도 지지 않은 시간에. 그것도 혼자서."

그는 잠시 생각하고 나서 말했다.

"너도 혼자잖아."

나는 입을 닫았다.

다섯 명의 사이비 관중들이 고추전을 시켰다. 털보는 음식을 만들고 나는 노래를 들었다. 그러면서 어느 타이밍에 꽃다발을 주는 게 좋을까 궁리했다. 아무래도 그녀가 노래를 완전히 끝내고 무대를 떠날 때 움직이는 게 좋을 것 같았다. 그리고 함께 파전을 놓고 막걸리를 마시거나 밖으로 나가는 것이다.

그런데 전혀 예상하지 못한 일이 발생했다. 부드럽고 감미로운 목소리로 아름다우면서도 다소 슬픈 선율을 이어가던 그녀가 돌연 노래를 멈춘 것이다.

"Oh my baby, oh my love, gone the rainbow, gone the dove……"

이 대목을 부른 뒤였다.

우리는, 그러니까 새로 나온 고추전을 놓고 서로 많이 먹겠다고 싸우던 다섯 명의 인간과 바 안쪽에 앉아 담배에 불을 붙이던 과묵한 곰과 그녀와의 극적인 재회를 즐길 생각에 흐뭇해하던 나는, 일제히 그녀를 바라보았다.

그녀가 흐느껴 울기 시작했다. 그 모습은 훗날 내가 추억에 잠기며 그녀를 떠올릴 때마다, 1987년 어느 날 혜화동 로터리 횡단보도 건너편에서 환하게 웃으며 서 있던 그 풍경과 함께, 언제나 가장 오래 들여다보게 되는 그림이었다.

스무 살 인생 동안 나는 그런 울음은 들어본 적이 없었다. 조용했으므로 절규라고 할 수는 없었다. 그러나 마음속 저 깊은 밑바닥에서 터져나와 듣는 사람에게 전율을 안겨주는 슬픈 울음이었다. 온몸에 소름이 돋아났다. 그녀가 울기 시작한 그 순간, 나는 고추전을 놓고 싸우는 저 멍청한 다섯 명의 불성실한 관중을 놀리려고 일부러 그러는 게 아닐까 생각했었다.

그러나 아니었다. 코스모스 같은 그녀는 계속 울고 있었고, 우리는 입을 다문 채 우는 그녀를 주시하고 있었다. 내가 나서야 할 때라는 확신이 들었다. 나는 서너 차례 심호흡을 했다. 그리고 박수를 쳤다. 먼저 다섯 명의 관중이, 이어서 그녀가 나를 바라보았다. 나는 그녀를 향해 손을 흔들어주었다. 그리고 꽃다발을 챙겨들고 그녀를 향해 발걸음을 떼었다.

그때였다. 다시 무대가 뒤집혔다. 다섯 명 관중, 열 개의 눈알이 나의 정체를 파악해보려고 부질없이 나의 껍질을 훑기 시작한 순간이었다. 문이 벌컥 열리면서 한 청년이 뛰어들어왔다. 관중들의 눈길이 일제히 그에게로 이동해갔다. 스물여덟쯤 되어 보이는 그는 땀을 흘리며 거칠게 숨을 몰아쉬더니 불안하게 두리번거리면서 어쩔 줄 몰라했다.

나는 털보를 돌아보았다. 그의 얼굴이 하얗게 질려 있었다. 그는 손을 내저으며 청년에게 뭐라고 떠들었으나 청년은 털보의 말을 듣지 않고 구석자리로 가서 앉았고, 털보는 어쩔 수 없다는 듯 서둘러 막걸리 한 주전자와 잔을 꺼내 카운터에 놓았다. 그의 손이 부들부들 떨리고 있었다.

내 머리는 먹통이었다. 도무지 상황 파악이 되지 않았다. 내가 박수를 치고 박은영을 향해 일어선 그 순간에서 채 일 분도 지나지 않은 상태였다. 뭔가 대단한 낭패임에 틀림없다는 느낌만이 무겁게 나를 짓누르고 있었다.

곧 진실이 밝혀졌다. 털보가 카운터를 돌아나오며 쟁반을 집어드는 순간 사십대 남자 두 명이 들이닥쳤다. 그제야 나는 사태의 본질을 파악했다. 두 남자는 사복형사였다. 그렇다면 뛰어들어온 청년은 수배중인 사람일 것이다. 다리에 힘이 빠지면서 등골에 싸늘한 냉기가 흘렀다.

사복들이 눈을 부라리며 실내를 휘둘러보았다. 후텁지근하던 '오르페우스'의 공기가 일순 얼어붙었다. 사복들은 그렇게 우리를 얼음처럼 만들어놓고는 즉시 행동에 들어갔다. 한 명은 입구에 감시병처럼 서고, 한 명은 땀을 흘리고 있는 청년에게 다가갔다.

감시병 사복이 털보에게 말했다.

"주인입니까?"

"예."

"잠시 실례하겠습니다."

"예."

한 걸음 떼자마자 멈춰 서야 했던 나는 슬그머니 의자에 걸터앉았다. 그때 기타를 둘러메고 홀을 가로질러가는 박은영이 보였다. 헛것이 보이는가 싶어 눈을 깜박였으나 분명 그녀가 무표정한 얼굴로 걸어가고 있었다.

감시병 사복은 그녀를 잡지 않았다. 그녀는 사복을 지나쳐 순식간에 밖으로 사라져버렸다. 소리없이 진행되는 꿈의 한 장면 같았다. 뒤늦게 나는 벌떡 일어섰다. 박은영을 따라가기 위해서였다.

"가만있어! 앉아."

감시병 사복이 소리질렀다. 그가 위압적으로 나를 노려보았다. 나는 다시 앉았다. 그가 다가와서 신분증을 내놓으라고 했고, 나는 떨면서 학생증을 꺼내 보여주었다. 그가 다시 나를 노려보았다. 내 속을 헤집어보려는 듯했다. 그는 내 속에서 아무것도 찾지 못했다. 아니, 찾아낼 게 없다고 판단하고 눈길을 돌려버렸다.

곧이어 두 사람이 청년을 끌고 나갔다. 체념하고 순순히 끌려갔기 때문에 팔을 비틀거나 하지는 않았다. 침울한 청년의 얼굴을 보니 분노와 무력감이 온몸을 휘감았다.

"실례했습니다."

사복이 말했다. 문이 닫히자 털보는 한숨을 푹 내쉰 다음, 잡혀간 청년에게 주려고 내놓았던 막걸리를 따라서 벌컥벌컥 들이켰다. 박은영에게 주려고 마련한 꽃다발은 바닥에 떨어져 있었다. 나는 꽃다발을 주워 카운터에 놓았다.

털보는 조앤 바에즈의 레코드를 걸고 나서 꽃다발과 나를 번갈아 쳐다보았다. 어쩐지 조금 전보다 더 친한 사람처럼 느껴졌다. 그의 얼굴에 떠오른 어떤 부드러운 기색 때문인 것 같았다.

"술 더 줄까?"

그가 물었다.

"아니요."

다섯 명의 관중은 말없이 술잔을 기울이고 있었다. 나는 연거푸 두 대의 담배를 피운 뒤 맥주 값을 카운터에 놓고는 헝클어진 꽃다발을 챙겨 밖으로 나왔다. 사복들도, '오르페우스'로 도망쳐들어왔던 청년도, 박은영도 보이지 않았다. 바깥세상은 조금도 이상한 기색이 없었다. 늦은 오후의 후텁지근한 공기, 몽롱한 햇빛, 멀건 하늘, 녹색의 나뭇잎들과 매미 소리까지. 허깨비를 본 것만 같았다.

다음날 오후 나는 이미 시들기 시작한 그 꽃다발을 들고 다시 '오르페우스'를 찾았다. 털보는 아직도 전날의 충격을 다 털어버리지 못한 듯 울적해 보였다. 나는 털보에게 박은영에 대해서 아는 대로 가르쳐달라고 했다. 그는 아는 게 없다고 했다. 지난 4월 말부터 여기서 자신이 원할 때마다 노래해도 되겠느냐고 해서 그렇게 하라고 한 게 전부라고 했다.

"어제는 왜 울었을까요?"

"나도 모르지."

"혹시 그 여자 연락처 아세요?"

"몰라."

나는 가져간 꽃다발을 카운터 옆 벽에 거꾸로 걸어놓았다. 그리고 매일같이 '오르페우스'를 찾았다. 책을 읽고, 과묵한 곰에게 말을 시키려고 애쓰고, 저녁에는 막걸리를 마셨다. 내 머릿속의 박은영은 이제 흐느껴 우는 별이었다. 그녀의 우는 모습이 도무지 지워지지 않았다. 그 영상이 너무나 강렬해서 해맑게 웃고 있는 그녀를 상상하는 게 고통스러울 정도였다.

고향으로 내려가기 전날, 나는 마지막으로 '오르페우스'를 찾았다. 주말 저녁이라 제법 손님들이 많았다. 꽃다발은 그럭저럭 형태를 유지한 채 말라가고 있었다. 나는 막걸리를 마시면서, 그 시절 늘 지니고 다녔던 관제엽서에 떠오르는 대로 낙서를 했다.

나는 가지고 싶은 게 많아
칠인용 자전거와 그림 같은 작은 집
그리고 시들지 않는 장미
나는 늘 여행도 하고 싶어
오늘은 시베리아로 내일은 아프리카로
나는 또 언제나 꿈꾸지
너무도 평화로워서 따분한 세상을
그러나 지금은 아니어도 좋아
칠인용 자전거도 그림 같은 작은 집도
시들지 않는 장미도 시베리아도
아프리카도 너무나 평화로워서 따분한 세상도

나는 언제나 꿈꿀 수 있으니까

별 생각 없이 끼적인 그야말로 낙서였다. 나는 그것을 털보에게 건넸다. 그리고 그가 엽서를 다 읽고 고개를 들 때까지 기다렸다가 말했다.
"유치하죠?"
"네 나이 땐 다 유치하잖아. 그런데 왜?"
"혹시 그 여자가 여기 오면 전해주세요."
"안 오면?"
나는 어깨를 으쓱했다.
"알았어. 오면 주지."
"고마워요."
"그런데 왜 칠인용 자전거지?"
"결혼해서 아이 다섯을 낳고 싶다는 제 마음의 표현이죠."
"음흉하군. 일학년인가?"
"예."
"조심해."
"뭘요?"
"잡혀가지 말라고."
"네, 고마워요."
나는 어둠이 내린 거리로 나섰다. 후텁지근한 공기가 몸을 휘감았다. 그러나 내 마음은 늦가을처럼 서늘하고 쓸쓸했다. 자신의 몸매처럼 가냘픈 듯하면서도 힘찬 피터, 폴 앤 메리의 노래를 부르다가 돌연 흐느껴 울었던 박은영도 나와 함께 걷고 있었다. 그녀는 사람들과 부딪치지 않으려고 조심하면서 사뿐사뿐 걸음을 옮기고 있었다. 나는 그녀와 나란히 걷고 있었지만, 그녀는 이미 꿈처럼 사라져버린 사람이어서 왜 울었냐고 물어볼 수도 없었다.

캠퍼스를 떠날 때까지 나는 다시는 박은영을 보지 못했다. 내용과 방법에서 나를 철저히 무시하는 강의를 내 쪽에서도 철저히 무시하면서 오로지 내 마음에 와 닿는 독서만으로 채운 대학 사 년 동안, 나는 어느 날 문득 사라져버린 친구들과 더불어 수도 없이 그녀를 생각했으며, 졸업식이 있기 며칠 전에— 이날은 입영 전야였는데—혼자서 마지막으로 캠퍼스를 둘러본 다음 도무지 정체를 알 수 없는, 그래서 내 청춘의 수수께끼가 되어버린 그녀와의 토막난 사랑의 기억만을 남기고 나머지 것들은 모두 어깨 너머로 내던져버렸다.

언제 다시 만날 수 있을까? 나는 수도 없이 되뇌었다. 나는 그 '언제' 밖에 생각하지 못했다. 다른 건 전혀 생각하지 못했다. 우주가 우리를 한 무대에 불러주어서 다시 한번 만나게 된다고 하더라도, 그녀도 나도 무엇인가 되어, 더이상 청춘이 아닌 다른 무엇인가 되어, 우리가 결코 알지 못했던 어떤 낯선 무대에서 만나게 될 텐데 말이다. 무엇인가 되어 다시……

3

 그 여자, 박은영을 다시 만난 그해, 나는 무소속 인간이었다. 비록 국가가 강력히 보증하는 예비군에다 '데미안'이라는 여행사에서 가이드 일을 하고 있었지만, 나는 충분히 자유로운 무소속이었다. 전적으로 내가 원한 결과였다.
 나는 대체로 연대보다는 개인에게 더 믿음이 갔다. 연대를 혐오했다는 게 아니라 개인을 더 신뢰했다는 얘기다. 특히 영리를 위해 모인 가짜 연대가 내 자유를 비웃고 짓밟는 것을 용납할 수 없었다. 그래서 다니던 직장에 사직서를 냈으며 신뢰할 만한 지인이 경영하는 여행사에서 프리랜서로 가이드 일을 하면서 어떤 인생길을 걸어볼 것인가 모색하고 있었다.

나는 서른을 앞두고 있었으며, 거지로 살건 한 나라의 지도자로 살건 궁극적으로는 다를 게 전혀 없다는 어떤 철학자들의 인식을 지지하고 있었다. 대학을 마치고 군대를 다녀오고 이 년여의 회사생활을 거친 뒤 나는 그런 세계관의 소유자가 되어 있었다. 나는 그런 사람이 되어 그 여자, 박은영을 다시 만났다.

그렇다. 나는 그 여자를 다시 만났다. 누구나 걸어가고 있는 인생길의 한 여행자로서, 단테의 세속적 버전을 가슴에 품은 여행 가이드로서, 내가 알지 못하는 여로를 걸어온 그 사람을 다시 만났다. 힘들고 외로운 길이었던지 그녀의 아름다움은 많이 훼손되어 있었다. 그녀가 보기에 나 또한 그 시절의 내가 아니었으리라. 스무 살의 내가 그녀에게 아름다운 남자였는지는 알 수 없지만.

하나씩 얘기해보자. 먼저 단테의 세속적 버전, 이라는 것에 대해서. 그것은 내가 여행 가이드인 나 자신에게 재미 삼아 부여한 초상이었다. 의미를 찾아서 낯선 길을 걸어가고 있는 여행자에게 신의 나라로 들어선 단테를 안내해준 베르길리우스 같은 존재가 되어주자는 것, 쉽게 말해서 낯선 대한민국을 찾아온 이방인들에게 잠시나마 의미심장한 동행자가 되어주자는 것이었다.

나는 나를 만난 그 사람이 나와 함께 걸어가면서 행복해하거나, 더욱 절망하거나, 마음속으로 누군가를 죽이거나, 고향에서 지고 온 고통스런 사연을 마침내 던져버리거나, 미심쩍었던 사랑에 대한 확신을 갖게 되거나, 혹은 극히 무미건조한 시간에 짓눌리며 인생을 심각하게 재고해보는 그런 기회를 갖게 되기를 기대했다.

하지만 현실은 내 기대에 별로 호의적이지 않았다. 이방의 여행자들은 나를 그저 낯선 스케줄을 깔끔하게 관리해주는 짐꾼 정도로 여겼다. 그들은 이미 천국에 들어간 자들이었는지 베르길리우스 따위는 전혀 필요로 하지 않았다. 그저 때맞춰 빈틈없이 제공되는 편의와 이색적인 구경거리와 맛있는 음식만으로도 그들은 행복해했다. 그들이 아니라 내 몽상이 잘못이었다.

그래도 두 번은 내 식대로의 베르길리우스가 될 수 있었다. 공교롭게도 나의 단테들은 내가 여행사 '데미안'의 가이드로서 맞이한 첫번째 여행자와 마지막 여행자였다. 첫번째 길손은 독일인 엔지니어 한스 뮐러였고, 마지막은 미국인 '전직' 히피 조 후버였다.

한스 뮐러는 쉰 살의 사내였다. 그를 떠올릴 때면 언제나 편안한 웃음을 머금게 된다. 지금도 그렇다. 그는 허여멀겋고 불그스레한 살찐 얼굴과 서양 사람치고는 보기 드물게 작은 눈, 그리고 맥주를 너무 많이 마셔서 그렇게 됐다는 항아리 같은 허리를 가진 사람이었다.

그해 겨울이 시작되던 무렵이었다. 한 남자가 자신의 이름이 쓰인 종이를 찾으려고 두리번거리며 뒤뚱뒤뚱 출구에서 걸어나오고 있었다. 그는 칼라에 인조털이 달린 회색 코르덴코트와 청바지 차림이었는데, 두 눈이 충혈되어 있고 코가 빨간데다가 귀를 덮은 갈색 머리카락이 아무렇게나 마구 헝클어져 있어 인상이 험악했다.

하지만 그가 자신의 이름을 발견하고 나와 눈을 맞추며 활짝 웃자, 그 험악한 인상은 금세 사라져버렸다. 그는 너무나 선량한, 자신을 방어하려는 최소한의 경계심마저 내던져버린 바보처럼 착한 아저씨 같았다.

인상이 험악한 착한 아저씨라니, 나는 그가 어떤 사람인지, 대체로 처음 마주쳤을 때의 인상에서 조금씩 수정되기 마련이며, 때로는 전혀 다른 인간 유형이라는 것을 알고 경악하게 되기도 하는 그 첫번째 감을 제대로 잡을 수 없어서 당혹스러웠다. 그러자 뮐러 씨가 내 얼굴에서 그런 기색을 읽어냈다. 그는 갈색 눈에 다정한 미소를 띠며 자기 모습에 놀랐냐고 입을 열었다. 내가 웃으며 애매하게 동의하자 그가 설명해주었다. 원래 감기 기운이 조금 있었는데 일본에 머무르는 동안 점점 심해지더니 지금은 지독한 몸살로 진화했다고 했다.

"까마득한 허공에서 죽을까봐 무서웠어."

그가 절레절레 머리를 흔들면서 말했다. 그리고 씩 웃고 나서 말을 이었다.

"그런데 살아서 지상으로 내려왔어. 얼마나 기쁜지 몰라. 어서 축하해줘."

나는 감격했다. 바로 이런 만남이 여행 가이드를 해보기로 하면서 내가 기대했던 바였다. 나는 열렬히 축하해주었다. 나는 활짝 웃고 있는 그의 크고 퉁퉁한 두 손을 잡고 마구 흔들었다. 그리고 엄청나게 무거워 보이는 그를 끌다시피 약국으로 데려가서 아스피린을 사 먹인 뒤, 스낵코너의 바에 걸터앉아 커피를 마셨다.

한스 뮐러는 내가 어떤 가이드인지 알고 싶다고 했다. 그 질문 또한 내가 기대하던 바로 그런 것이었다. 그는 뭔가를 아는 사람이었다. 그는 단순한 스케줄 관리자나 짐꾼이 아니라 말벗을 원하는 진짜 여행자였다. 그러나 나는 내가 베르길리우스를 꿈꾸고 있다고는 감히 말하지 못했다.

"어쩌면 광대인지도 모르죠."

대신 이렇게 말해보았다. 그러자 그는 뜻밖의 대답을 들었다는 듯 작은 눈을 부릅뜨며 즐거워했다. 그래서 눈을 가린 채 횃불을 들고 있는 광대라고 부연하자 풋, 하고 입에 머금었던 커피를 내뿜으며 웃음을 터뜨렸는데, 불행하게도 그의 웃음은 기침으로 이어지고 말았다. 그는 눈물에 콧물까지 쏟으며 한참 동안 고통스럽게 캑캑거려야 했다. 간신히 기침이 멎자 그는 서너 번 심호흡을 하더니 팽 소리가 나게 코를 풀고는 또 기침이 터질까 조심하면서 살살 웃었다.

"나 같은 가이드를 만나서 불안하지 않아요?"

내가 묻자 그가 말했다.

"오히려 다행인걸, 동지를 만나서."

"동지라고요?"

"내가 바로 그런 꼴이니까."

"아하!"

"알고 보면 우린 모두 눈을 가린 채 횃불을 들고 있는 존재들이야. 그렇지 않아?"

"맞아요. 내 말이 그 말입니다."

그렇게 해서 한스 뮐러와 나는 서로에게, 내가 꿈꾸었던 바로 그런 여행의 동반자가 되었다.

뮐러는 택시를 타고 김포공항을 빠져나올 때 목욕을 하고 싶다고 했다. 나는 즉시 화곡동의 대중탕으로 데려가 함께 목욕을 했다. 그런 다음 종로2가 뒷골목, 내가 자주 찾는 해장국집으로 갔다. 그 가게 뒤에 같은 주인이 외국인 여행자들을 상대로 영업하는 ㄷ자 모양의 한옥 여관이 있었다.

나는 모든 걸 나에게 일임하겠다는 그를 그 집으로 데려가면서 그가 불편해하지 않을까 걱정했다. 하지만 뮐러는 마당에 석

류나무 두 그루와 세수할 수 있는 수도가 있고, 방문을 열면 바로 마당의 그 풍경과 처마 위의 파란 하늘이 보이는 절절 끓는 온돌방에 대해서 무척 만족스러워했다.

"방문을 열면 땅바닥이 바로 코앞에 있어서 좋아. 그런데 문을 닫으면 또 다락방에 틀어박힌 것 같아. 게다가 연옥처럼 뜨거워."

겨울철 한옥의 작은 방이 주는 즐거움에 대해서 그런 식으로 느끼고 표현한 사람은 그가 처음이었다.

첫날 뮐러는 처음 먹어보는 희한한 음식일 터인데도 해장국 한 그릇을 깨끗이 비우고는 바로 자기 시작했다. 그리고 다음날 아침 내가 찾아갔을 때까지 자고 있었다. 하지만 그는 전혀 차도가 없어서 부득이 서울의 고궁과 휴전선의 판문점을 돌아보기로 한 원래 계획을 유보할 수밖에 없었으며, 결국에는 삼박 사일 동안 그 여관방에서만 끙끙 앓다가 간신히 조금 회복되어 독일로 돌아가야 했다.

엔지니어라고만 자신을 밝힌 그는 내가 사다준 약을 마다하고 오직 아스피린만 먹으면서 거의 내내 잠만 잤다. 나는 그가 자는 방에서 헤르만 헤세의 『황야의 이리』를 읽었는데, 그가 깨어나면 몇몇 구절을 읽어주었다.

"고통을 자랑스러워하라. 고통은 우리의 고귀함의 기억이니."

전혀 알아듣지 못하는 우리말 헤세를 경청하곤 하다가 그는 다시 잠이 들었고, 깨어나 함께 밥을 먹거나 물을 마신 다음 또 잠이 들었다. 그가 사흘 밤낮으로 한 것은 오직 그것밖에 없었다.

그럼에도 불구하고 한국을 떠나던 날 한스 뮐러는 정말 멋진 여행이었다고 말했다. 자기 평생에 다시는 없을 대단한 여행이었다고 그는 되풀이해서 말했다. 탑승이 시작되자 그는 나를 껴안으면서 나 같은 멋진 가이드도 처음이었다고 했다. 단지 곁에 있었을 뿐이라고 하자 그는 바로 그런 일이 가장 하기 어려운 것이라며 껄껄 웃었다. 우리의 기묘한 여행은 그렇게 마감되었다.

그리고 그날 밤부터 내가 몸살을 앓기 시작했다. 불행하게도 내 곁에는 아무도 없었다. 단지 곁에 있어주기만 하는 사람도 없었다. 나는 난방이 잘 되지 않는 어둑한 반지하 자취방에서 이불을 뒤집어쓴 채 식은땀을 줄줄 흘리며 헤세의 말을 중얼거렸다. 고통을 자랑스러워하라. 고통은 우리의 고귀함의 기억이니……

그후 착한 한스 뮐러가 어떤 인생길을 걸었는지 나는 모른다. 그가 지금 살아 있는지 죽었는지도 나는 모른다. 또 한 명의 여행자 조 후버가 지금 살아 있는지 죽었는지도 나는 모른다. 하지만 바로 그래서 나는 좋다. 내가 그들을 기억하고 있고, 내 이야기에 그들을 등장시킬 수 있으니 그들이야말로 온전히 나만의 별이 아닌가.

한마디 덧붙이자면, 나는 결국 단테의 베르길리우스 같은 여행 가이드가 된 것 같다. 베르길리우스 같은 선한 자, 라는 뜻으로 하는 말은 결코 아니다. 소설가를 인생이라는 여행길의 가이드로 봐줄 수도 있지 않을까, 라는 생각에서 하는 말이다. 좋은 가이드인지 나쁜 가이드인지는 논외로 하고.

사실 소설을 쓴다는 것은 여행을 떠나는 것과 같다. 딱히 정해진 길이 없기 때문에 스스로 길을 내면서 나아가야 하는 여행이다. 때로는 황무지를 만나고 때로는 폭풍우에 시달리지만, 어떤 길에서건 한 번쯤은 황홀한 풍경을 만나게 되는데, 말할 것도 없이 그 여로의 기록이 곧 소설이다.

그리고 누구나 여행자이기에, 사람들은 그 길을 나와 함께 걸어보고 싶어한다. 그리하여 어떤 자들은 길이 거칠고 불편하다고 푸념하고, 어떤 자들은 풍경이 험하고 사람들이 어둡다고 비난하고, 어떤 자들은 큰 즐거움을 얻었다고 고마워하고, 어떤 자들은 다음 여행이 기다려진다고 말한다. 다른 가이드를 따라 다른 여행길에 오르는 사람들이 훨씬 더 많지만……

각설하고, 전국이 민주주의를 요구하는 데모로 들끓었다. 박은영을 다시 만난 날 오전, 나는 조 후버라는 미국 남자의 가이드 건을 확인한 뒤에 여행사 휴게실에서 체육관 선거 반대시위기사와 사진으로 도배된 어지러운 신문을 보고 있었다.

그때 여행사 사람들에게 나를 좋아한다고 공개적으로 선언한 여자가 휴게실로 들어왔다. 그녀는 아담한 체구에 늘 표정이 밝고 매사에 긍정적인 사람이었다. 화술이 좋고 자질구레한 재미있는 얘깃거리도 많이 가지고 있어서 별 걱정이 없을 때 함께 있으면 심심하지 않고 편안한 여자였는데, 나는 그녀의 그런 점이 좋으면서도 이상하게 나와는 다른 세계의 사람처럼 느껴졌다.

그녀는 나에게 왜 정식직원으로 근무하지 않느냐고 물은 적이 있었다. 내가 그렇게 되면 이른바 현실이라는 것에 완전히 붙잡힐 것 같아서 가능한 한 미루고 싶다고 대답하자, 나보나 네 살이나 어린 그녀는 아직 한창 청춘인가보다며 웃더니 바로 그래서 나를 좋아하는 거라고 마치 남 얘기 하듯이 말했다.

오랜만의 만남이었다. 변함없이 밝고 생기 있는 얼굴이 꽤 반가웠다. 하지만 내가 인사를 하자 뜻밖에도 그녀는 얼굴을 조금 붉히며 수줍어했다. 무슨 영문인지 알 수 없었다. 예전에 몇 번 그랬던 것처럼 또 무슨 뜻밖의 얘기를 해서 나를 웃기려는 것일까, 생각하며 기다렸더니 분홍빛 봉투 하나를 주고는 얼른 밖으로 나가버렸다.

새로운 수법이라는 것은 알겠는데, 주제가 뭘까? 나는 궁금하여 얼른 봉투를 열어보았다. 빳빳한 분홍빛 카드가 들어 있었다.

71

거기에는 계절이 어떻고 여행이 어떻고 시국이 어떻고 하는 글이 빽빽이 적혀 있었는데, 만년필로 한껏 멋을 부린 그 글은 토요일이 자기 생일이니 와서 축하해달라는 얘기로 마무리되었다.

시간은 저녁 여덟시, 장소는 신촌의 H레스토랑. 그리고 강력한 경고문이 하나 있었다.

'난 무조건 거기로 나갈 테니까 혹시 나올 마음이 없더라도 절대로 저한테 미리 말하지 마세요. 그럼 그때까지 안녕……'

나는 조금 감동했다. 그녀의 공개적인 애정 공세는 부담 없는 큰 즐거움이었다. 그녀가 싫지 않았다. 고밀도의 감정에 대한 욕망을 버린다면, 나는 기꺼이 그녀의 연인이 될 수 있을 것 같았다. 나는 그녀를 여자로서 좋아한다고 말할 수도 있었다. 하지만 어쩐지 허전했다. 나를 좋아한다고 고백하는 한 여자를 앞에 두고도 내가 그토록 태연할 수 있다는 게 불만이었다.

나는 은근히 도발적인 그 카드를 양복 안주머니에 넣고 다시 신문을 보았다. 밤하늘의 별들처럼, 세상은 얼마나 많은 여로의 경연장인가. 지지를 상실한 권력이 헛된 무당춤을 추고, 새로운 질서를 원하는 시민들이 전국의 거리를 가득 채운 그 시절에도, 이방의 여행자 조 후버가 있었고, 나에게 사랑의 신호를 보내는 당차고 귀여운 여자가 있었다. 하지만 지금 우리가 기억하는 역사라고 불리는 별자리에는 한스 뮐러도, 조 후버도, 귀여운 그 여자도, 나도 없다.

나는 점심을 먹고 친구를 만나기 위해 대학로로 갔다. 종로5가에서 버스가 멈추더니 꼼짝도 하지 않았다. 할 수 없이 걸어서 대학로에 들어서자 교통이 차단된 가운데 마로니에공원 일대에 다양한 깃발을 든 인파가 운집해 있었다. 그들은 종로 방향으로 행진을 하려는 듯이 보였다. 그들 곁을 지나치려니 뜨거운 열기와 함성에 골이 다 흔들거렸다.

약속한 다방에는 친구가 와 있지 않았다. 나는 이십 분쯤 있다가 돌아올 테니 기다려달라는 말과 시간을 적은 메모를 남겨놓고 밖으로 나왔다. 그리고 운집한 사람들 뒤에 서서 연사들이 하는 말을 듣다가 다시 다방으로 가보았다. 그는 아직 오지 않았고 내가 남겨놓은 메모도 그대로 있었다. 한참을 기다리다가 다시 밖으로 나가 거리를 가득 메우고 행진을 시작한 시위대의 옆구리에 붙어섰다.

버스에서 내려 걸어오며 보았던 전경들이 저 멀리 도열해 있었다. 얼마 지나지 않아 시위대의 선두가 전경들과 대치하면서 행렬의 움직임이 더뎌지더니 밀고 당기고 할 틈도 없이 공기를 찢는 폭발음과 함께 뽀얀 최루가스가 허공을 메우기 시작했다. 그러자 화염병과 돌멩이가 날아갔고 곳곳에 불길이 치솟았으며 단단하게 결합된 것처럼 보였던 시위대는 금방 조각조각 흩어져버렸다.

조금 뒤 빡빡하게 모인 인파 때문에 꽉 막혀 있던 시야가 훤하게 뚫렸다. 나는 가로수를 붙잡고 서서, 복잡하기 그지없는 정신을 소유한 인간들이 지극히 단순한 화학물질의 연기에 혼비백산하여 달아나는 광경을 바라보았다. 얼굴이 따끔거렸고 콧물과 눈물이 흘러내렸다. 흥분한 나는 돌멩이 두세 개를 주워 되는대로 던진 뒤에 달아날 채비를 했다.

그때 한 여자가 눈에 들어왔다. 빨간 반소매 티셔츠에 청치마를 입고 차도 가장자리에서 비틀거리고 있었다. 그녀는 허리를 굽히고 무엇인가를 집으려고 애쓰더니 도움을 청하듯 주위를 두리번거렸다. 그 얼굴이 내 시선과 마주쳤을 때 나는 그녀를 알아보았다. 단지 두 번 만났을 뿐이고 그후 그렇게 많은 세월이 흘렀음에도 불구하고.

나는 웃음과 감동이 뒤섞인 설명하기 어려운 감정에 휩싸였다. 순간적으로 내 눈은 터널처럼 좁아졌다. 검은 통로 이쪽에는 내가 있었고 반대쪽에는 그녀가 있었다. 그외에는 아무것도 보이지 않았다. 나는 그녀에게로 뛰어갔다. 그녀의 발 옆에 굽이 나간 하이힐 한 짝이 뒹굴고 있었다. 그녀는 무슨 영문인지 어쩔 줄 몰라하며 계속 그 자리에서 허둥대고 있었다. 나를 보고도 아무 말이 없었다. 나를 알아본 것인지 아닌지도 알 수 없었다. 거리는 이제 아수라장이었다.

"어서 이쪽도 벗어요!"

나는 흥분하여 외쳤다. 그녀가 신고 있던 나머지 하이힐 한 짝을 불쾌하다는 듯이 벗었다. 나는 한 손으로는 떨어져나간 굽과 가느다란 줄이 달린 까만 하이힐을 쥐고 다른 손으로는 그녀의 작은 손을 잡으며 뛰자고 말했다. 그녀는 아무 대꾸도 하지 않았으나 내가 뛰기 시작하자 따라서 뛰었다. 우리는 도망치는 많은 사람들에 섞여 상가 뒤편 주택가 골목을 요리조리 빠져나가서 건너편 소방도로변에 있는 이층 다방으로 들어갔다.

계단이 좁아서 두 사람이 나란히 올라갈 수 없었다. 나는 잡았던 손을 놓고 그녀 먼저 올라가도록 했다. 그리고 그녀에 이어서 화장실에서 세수를 하고 그녀가 앉아 있는 자리로 갔다. 이미 커피가 나와 있었고, 그녀는 깨끗이 씻은 하얀 발을 번갈아 주무르고 있었다.
"발바닥 괜찮아요?"
나는 맞은편에 앉으며 물었다. 그녀는 나를 쳐다보지도 않고 고개만 끄덕였다. 그리고 커피를 한 모금 마신 뒤 젖어서 엉겨붙은 조금 긴 단발머리를 매만졌다. 그녀가 계속 내 눈길을 피하고 있었으므로 나는 마음놓고 그녀를 뜯어볼 수 있었다. 그녀는 여전히 코스모스처럼 하늘하늘했다. 빨간 셔츠와 청치마와 하이힐은 정치적 격랑으로 어지러운 거리에 나온 사람의 차림으로는 전혀 실용적이지 않았지만, 그녀의 아름다운 몸매를 위해서는 최상의 시위대였다.

　기분이 참으로 묘했다. 안타깝게도 그녀는 더이상 내 기억 속의 바로 그 여자는 아니었다. 아름답지 않았다는 말이 결코 아니다. 훗날 그 청년이 나를 찾아왔을 때에도 내가 간직하고 있던, 그리고 지금도 간직하고 있고 앞으로도 영원히 그러할, 내가 스무 살이던 때의 그 박은영은 아니었다는 말이다. 물론, 나도 그녀에게 그랬을 것이다.

　화장실에서 나오기 전에 열 번쯤 심호흡을 했건만 여전히 심장이 콩닥콩닥 뛰고 있었다.

　"나 기억하겠어요?"

　내가 묻자 그녀가 바로 맞받았다.

　"그럼 내가 모르는 사람을 따라온 줄 알았어요?"

　목소리에서 옛날에 들었던 그 색조가 느껴져 가슴이 뭉클했다. 그러면서 역시 그때처럼 고분고분하진 않구나 하는 생각에 웃음이 터져나왔다. 잠시 천장으로 고개를 쳐들고 하하하 웃고 있자니 그녀가 눈치를 주었다.

　주위를 둘러보니 사람들이 쳐다보고 있었다. 이 엄숙한 역사의 현장에서 경망스럽게 웃다니, 라고 그들의 시뻘건 눈알이 나를 비난하고 있었다. 나는 담배를 빼물면서 그들을 무시해버렸다. 웃음도 허용하지 못하는 엄숙함이라면 차라리 버리는 게 낫다.

　"혹시 나를 모를 줄 알았죠."

그녀는 내 말을 듣고도 묵묵히 찻잔만 내려다보더니 한참 만에야 딴소리를 했다.
"도대체 왜 이리로 데리고 왔죠?"
"예?"
그녀는 스푼으로 가만가만 커피를 저으며 혼잣말하듯 중얼거렸다.
"다른 사람들은 밖에서 고생하고 있는데……"
그 말에 나는 기분이 나빠졌다. 누군가 밖에서 고생하고 있으면 온 국민이 다 밖으로 나가야 하는가. 그럼 똥을 싸놓고 빽빽 울어대는 방 안의 아기는 누가 돌보고, 웃고 싶은데도 웃을 일이 없어 우울증이 도진, 농굴 속에만 틀어박힌 사람은 누가 웃겨준단 말인가.
"억울하면 나가서 고생 많이 하세요, 맨발로."
내가 그렇게 말하자 그녀가 살짝 꼬리를 내렸다.
"누가 억울하다고 했어요? 그냥 그렇다는 얘기지."
"그럼 뭐 내가 여기로 데려와서 나쁠 건 없잖아요?"
"내가 언제 나쁘다고 했어요?"
나는 웃고 말았다. 이번에는 손으로 입을 가리고 조그맣게 웃었다.
"마음에 없더라도 그냥 고맙다고 한마디 해주면 안 돼요?"
"그러게 말이에요. 내가 원래 좀 그래요."

그녀는 자책하는 듯하면서 약간 장난기 섞인 표정을 지어 보였다.

"고마워요. 아깐 정신이 좀 없었어요."

그녀가 말했다. 역시 세월은 사람을 조금은 바꾸어놓는구나 싶었다. 그녀의 외모만큼 마음도 말이다. 그러나 다음 순간 그녀는 마치 자신이 그렇게 약한 모습을 보인 게 불만인 양 즉시 옛날의 그 부드러워 보이면서도 공격적인 여자로 되돌아가버렸는데, 그건 내가 이 시간 이후 우리 두 사람의 행로는 또 어떻게 될까, 하고 감상에 젖어들면서 결혼은 했느냐고 물었을 때였다.

"왜 그런 걸 물어요?"

그녀는 잘 걸렸다는 듯이 바로 공격적으로 나왔다.

"예? 그야 궁금하기도 하고 또……"

"하여튼 우리나라 사람들은 남의 프라이버시를 마구 침범한다니까."

그녀는 남의 말 자르는 버릇까지 되살려냈다. 그렇다면 나도 질 수 없지.

"그러는 거긴 우리나라 사람 아니에요?"

내가 말하자 그녀가 바로 반박했다.

"그 둘이 무슨 관계가 있어요?"

글쎄, 무슨 관계가 있을까.

"우리나라 사람이 우리나라 사람들 비판하면 안 되나요?"

그녀가 따졌다.

"그건 아니지만……"

내가 입을 열자 또 그녀가 바로 말을 잘랐다.

"거기도 우리나라 사람인 독재자를 욕하고 있잖아요. 아니에요?"

"그렇죠."

"하여간 독재자들이 독재자를 욕하고 있어."

"미안해요. 내 멋대로 물어봐서."

나는 웃으며 한 발 물러서주었다. 그러자 그녀는 기회를 놓치면 안 된다는 듯 재빨리 말했다.

"결혼, 안 했어요."

나는 또 한번 웃고 말았다. 웃음소리가 컸는지, 사람들이 또 흘겨보았다.

"참 심술궂네요."

그녀도 살풋 웃었다.

"원래 좀 그런 사람이라고 했잖아요. 그러는 거긴 결혼했어요?"

"똑같습니다, 싱글."

그녀는 눈길을 피하며 고개를 끄덕였다. 그러고는 세월의 피곤한 흔적이 어려 있는 나른한 얼굴로 묵묵히 생각에 잠겨들었다. 그녀를 따라 나도 입을 닫은 채 커피를 마시고 담배를 피우며 잠자코 있으려니 마음이 한층 더 싱숭생숭해지며—이런 시간이 올 줄 꿈엔들 생각했던가!—옛날 생각들이 하나둘 경쟁하듯 마구 떠올랐다.

"이 커피는 괜찮아요?"

내가 말했다. 그녀는 무슨 뜻인가 잠시 생각하더니 처음으로 호호 소리내어 웃었다. 그러고는 이미 반이나 마신 커피를 한 모금 머금어 맛을 보고는 괜찮다는 뜻으로 고개를 끄덕였다.

"내 사타구니를 걷어차기도 했는데……"

"맞을 짓을 했으니까."

그녀도 다 기억하고 있었다.

"십만 명의 꿈은 어떻게 됐어요?"

그녀의 표정이 조금 시무룩해졌다. 십만 명의 사람들을 모아놓고 사랑과 평화와 행복의 아름다운 꿈을 노래하는 가수가 되지 못했으니 그럴 것이라고 생각되었다.

"시시콜콜 다 기억하네요?"

"은영씨도 그렇잖아요."

"우리 둘 다 쓸데없이 기억력이 좋군요."

그때 갑자기 바깥이 소란스러워졌다. 다급한 고함소리와 우르르 뛰어오는 발소리가 들렸고 멀리서 최루탄 터지는 소리도 연이어 들려왔다. 창가에 달라붙은 사람들 사이로 머리를 들이밀고 밖을 내다보았다. 깃발을 들고 손수건으로 코와 입을 가린 대학생들이 뒤를 힐끗힐끗 돌아보면서 달아나고 있었다. 그러나 전경들의 모습은 보이지 않았다. 바깥의 소란이 가라앉자 다시 다방 안의 소음과 음악소리가 들려왔다.

"뭐 하냐고 물어보면 실례겠죠?"

"아마도."

"나한테는 뭐 하냐고 물어도 괜찮은데."

"뭐 하세요?"

"외국인 여행 가이드."

그녀는 고개를 끄덕였다.

"한번은 브라운 대학에서 경영학을 공부하고 있다는 캐빈 스미스라는 미국 애를 가이드한 적이 있어요. 목적이 뭔지 관공서, 기업체 등만 골라서 빡빡한 일정으로 돌아다니더라구요. 그런데 이 정체를 알 수 없는 서른다섯 먹은 금발머리 백인놈이 떠나던 날 황당한 고백을 하는 겁니다."

나는 그녀의 관심을 끌기 위해 일부러 말을 멈췄다.

"뭐라고 했는데요?"

그녀가 물었고 나는 말을 이었다.

"삼박 사일 동안 밤마다 여자들이랑 놀았다고요."

"네?"

"그것도 매번 삼 대 일로."

그녀가 미간을 찌푸리며 의혹의 눈길을 던졌다.

"혹시 이상한 가이드 아니에요?"

"아, 보기에 따라서는 좀 이상할 수도 있겠죠."

나는 단테의 『신곡』 얘기를 하면서 애초에 내가 어떤 가이드이기를 원했는지, 첫 손님이었던 한스 뮐러의 예를 들어 설명해 주었다. 하지만 뮐러 이후에는 단지 시간 관리를 잘하는 짐꾼이었을 뿐이어서 이제 곧 그만둘 생각이라고.

그녀는 처음엔 흥미롭다는 듯 가벼운 미소를 머금고 나를 똑바로 바라보고 있었으나, 중간쯤에서 내 어깨 너머 어딘가에 시선을 고정시키더니 내가 말을 끝냈을 때에는 골똘히 생각에 잠긴 얼굴로 찻잔을 내려다보고 있었다.

"한스 뮐러 아저씨 얘기, 참 인상적이네요."

그녀가 말했다. 그리고 눈을 들어 나를 바라보며 말을 이었다.

"쓸쓸하기도 하고요. 낯선 나라에 여행 와서 여관방에서 끙끙 앓기만 하다가 떠난 중년 남자······"

그녀는 말끝을 흐리며 테이블의 한 지점을 멍하니 내려다보았다.

"하지만 그 아저씨는 내내 평온해 보였어요."

내가 말하자 그녀는 느릿느릿 고개를 끄덕였다.

"곁에 있어줘서 그랬겠죠. 그 사람의 감기몸살까지 넘겨받으면서."

그녀가 나를 바라보며 말했다.
"그게 가이드가 할 일이니까요."
"혼자서 외로웠겠어요."
그녀가 다시 말했다.
"그것도 가이드가 감당해야 할 일이죠."
나는 농담조로 대답했다. 그러나 그녀는 나른하고 무표정한 얼굴로 묵묵히 고개를 끄덕이기만 했다. 어쩐지 분위기가 가라앉고 있었다. 그녀는 처음에 보였던 도전적인 태도가 싹 가신, 다소 무기력해 보이기까지 하는 표정으로 눈을 내리깐 채 가만히 있었다. 무슨 말이든 계속 떠들고 싶었지만, 자기 속으로 들어가고 있는 그녀의 발걸음을 방해하지 않기 위해 나는 입을 다물었다.

나는 너무도 갑자기 다가온 이 무대가 어떤 의미를 가지는 것일까 생각하기 시작했다. 이것이야말로 가이드도 없이 전혀 계획에 없던 길로 들어선, 완전히 낯선 여행이 아닌가. 나는 입대 전날 혼자서 캠퍼스를 배회하며 내 기대를 철저히 배반한 대학에게 엿을 먹이면서도, 그녀에 대한 기억만큼은 계속 간직하리라 마음에 새겼던 일을 또렷이 기억하고 있었다. 그런데 바로 그 여자가 난데없이 나타나 내 앞에 앉아 있었다. 하필이면 그것도 최루탄이 펑펑 터지고 두려움과 희망이 뒤섞인 집단적인 열광이 파도처럼 거리를 휩쓸고 있는 시절에.

나는 조급해졌다. 뭔가 해야 한다는 생각이 들었다. 이런 상황에서라면 그녀의 자유를 존중하면서 기쁘게 대화를 나누는 것만으로도 최상이겠지만, 그래도 뭔가 색다른 것을 하고 싶었다. 그때 주지 못했던 꽃다발을 하나 사줄까? 아니, 일단 다시 만난 기념으로 손바닥이라도 부딪치자고 해볼까? 조금 뒤, 그녀가 다시 나를 쳐다보았을 때 한 가지 생각이 떠올랐다.

"구두 굽을 마저 뜯어내는 게 좋지 않겠어요?"

내가 말했다.

"네? 왜요?"

그녀가 눈을 동그랗게 뜨며 물었다.

"그래야 균형이 맞죠. 지금 상태로 걸을 수 있겠어요? 절뚝거리게 될 텐데."

"아, 정말 그렇네요."

그녀가 웃었다.

"제가 뜯어줄까요?"

"할 수 있겠어요?"

"뭐, 원하신다면 해야죠."

"그럼 한번 해보세요."

그녀가 동의해주어서 너무 고마웠다. 그녀는 여행길에서 지쳐 쉬고 있다가 다시 길을 떠나기 위해 자리를 박차고 일어서는 사람처럼 활기를 띠었다. 그녀가 두 발을 의자 위로 끌어올리는 것을 보고 나는 하이힐을 집으려고 얼른 탁자 아래로 상체를 숙였다. 그리고 튼튼한 나무 밑동 같은 그녀의 허벅지를 보고는 멈칫했다.

나는 그녀가 내 쪽으로 조금 밀어놓은 바닥의 하이힐을 집는 데 필요한 시간보다 최소한 삼 초는 더 머물렀다. 그리고 물속에 잠겨 있다가 막 수면으로 나온 사람처럼 길게 숨을 들이쉬었다. 그녀와 눈이 마주쳤다. 나는 얼굴을 붉혔고, 그녀는 방금 내가 한 일을 아는지 모르는지 재미있다는 표정으로 바라보고 있었다.

나는 바로 작업에 들어갔다. 우선 맨손으로 해보았다. 씨도 먹히지 않았다. 그녀가 외출할 때마다 대지를 콕콕 찍어댔을 그 뾰족한 놈은 꼼짝도 하지 않았다. 내 구둣발로 힘껏 내리찍어보았다. 되지 않았다. 내 발만 아팠다. 그래도 나는 기분이 좋았다. 박은영이 눈가에 미소를 띤 채 가만히 보고 있었으며, 소리내어 웃는다고 내게 비난의 눈길을 던졌던 시뻘건 눈들도 쳐다보고 있었다.

문득 여기서 시간이 멈췄으면 좋겠다는 생각이 들었다. 최소한 세 배쯤은 느리게 흘러갔으면, 그래서 행복감이라고 불러도 좋을 이 오감의 활짝 핀 개화를 오래도록 유지할 수 있었으면. 하지만 세상은 나 홀로 사는 곳이 아니어서, 내가 그런 생각을 하고 있는 바로 그때, 한복을 입은 온화한 얼굴의 다방 마담이 사뿐사뿐 다가왔다.

"무슨 일이에요?"

그녀가 물었다. 내가 사정을 설명하자 마담은 잠깐 기다려보라며 카운터로 갔다. 수선을 부탁해주려나 싶었는데 조금 뒤 망치를 들고 왔다. 그로써 시간은 느려지기는커녕 세 배쯤 더 빠르게 흘러갔다. 그놈의 망치로 "떨어져라, 이 자식아!" 하고 박자를 맞추며 두드렸더니 다섯번째 타격에 멀쩡했던 그 자식이 떨어져나갔다. 곁에서 지켜보던 마담이 어울리지 않게 나를 칭찬했다.

"어머나, 기술도 좋으셔라."

그 말에 박은영이 쿡 하고 웃음을 터뜨리더니 손으로 입을 가렸다.

"제가 아니라 이놈의 망치가 선수예요."

내가 말하자 마담이 즐겁다는 듯 까르르 웃었고, 박은영도 한 번 더 쿡 하고 웃음을 터뜨렸다. 나는 하나도 우습지 않았지만 그녀가 웃는 것을 보고 따라서 조금 웃었다. 그리고 계속 옆에 붙어서서 뭔가 자기 몫의 재미를 보려고 하는 마담의 손에 망치를 쥐여주었다. 눈치 빠른 그녀는 나에게 윙크하듯이 살짝 눈웃음을 던지고는 카운터로 돌아갔다.

"신어보세요."

사람들의 눈길이 모두 철수하기를 기다렸다가 내가 말하자, 박은영은 굽 없는 하이힐을 신고 일어서서 제자리에서 몇 걸음 움직였다. 그녀가 잠깐 돌아섰을 때 여전히 잘록하게 들어간 허리와 볼륨 있는 엉덩이의 아름다운 곡선이 눈에 들어오면서, 아까 탁자 아래에 거꾸로 머리를 처박고 하얀 허벅지를 보았을 때처럼 가슴이 두근거렸다.

그녀가 다시 자리에 앉았다. 굽을 두 개 다 새로 해넣어야 할 테니 수선비용은 더 들겠지만 어쨌든 덕분에 편하게 걸을 수 있겠다고 말했다. 자신은 미처 생각하지 못했다면서. 그러고는 십 초쯤, 그러니까 단순히 시간을 확인하기 위해서라면 길다고 해야 할 시간 동안 자신의 손목시계를 뚫어져라 늘여다보더니 이윽고 내게로 시선을 옮겼다.

"사무실이 대학로에 있어요?"

그녀가 물었다.

"아뇨, 종로1가에 있어요."

"그럼 여긴 데모하러 왔어요?"

"뭐, 겸사겸사. 연극하는 친구와 만나기로 했는데 안 나왔어요. 급하게 만든 약속이긴 했는데. 지금쯤 나와서 기다리고 있을지도 모르겠네요."

"그럼 가보세요."

"예?"

"나도 이제 가봐야 해요."

그녀는 마주 앉아 있다가 막 떠나려는 사람들이 흔히 하는 몸짓을 해 보였다. 의자 등받이에 기대고 있던 등을 떼고, 옷매무새를 고치고, 초점이 또렷한 눈으로 맞은편의 나를 쳐다보는 등등. 그 모습을 보니 스무 살 그해 여름, 그녀를 다시 만나기 위해 캠퍼스와 학교 앞 거리를 헤매고 다녔을 때처럼 갑자기 강렬한 상실감이 가슴 가득 차올랐다.

나는 우리가 무엇을 주고받게 될 것인지, 아니 무엇인가를 주고받게 되기나 할 것인지 전혀 확신할 수 없었지만, 그렇다 하더라도 이런 식으로 만나서 또 이렇게 헤어지는 것은 용납할 수 없다고 생각했다. 게다가 이렇게 다시 만났는데도 나는 여전히 그녀에 대해서 아는 게 하나도 없었다. 우리가 어떤 사람에 대해서, 또는 어떤 존재에 대해서 안다고 말할 때 흔히 그 뜻하는 바에 대해서라면 나는 전혀 지지해줄 의사가 없는 사람이긴 했지만.

"연락하고 싶어요."

내가 급하게 말하자 그녀는 말문이 막힌 듯 가만히 있었다.

"들었어요?"

내가 다시 말했으나 그녀는 눈을 내리깔며 아무 말 하지 않았다.

"전화번호 좀 가르쳐주세요."

내가 또 말하자 그녀가 고개를 들어 나를 바라보았다.

"만나서요?"

그녀가 반문했다. 어쩌겠냐는 소리였다. 딱딱한 표정은 아니었지만 어쩐지 나를 나무라는 것 같았다. 처음 캠퍼스에서 만났던 그날이 생각났다. 그때 나는 뭐라고 말했던가? 만남을 계속 이어가고, 멋진 연인이 되고…… 그래, 어쩌면 지금부터라도 그렇게 할 수 있을지 모른다. 이제 만나기 시작했으니 두 번, 세 번, 네 번 만나면 조금씩 그렇게 될 수 있지 않을까?

"글쎄 뭐, 피차 싱글이니까, 일단 만나보자는 거죠."

내가 말했다. 그녀의 얼굴에 구름의 그림자 같은 희미한 어둠이 내렸다가 사라졌다. 그녀가 나를 바라보았다. 나는 공석직으로 나가보기로 했다.

"내가 의심스러워요? 사기꾼처럼 보인다든가."

그녀가 설핏 웃었다.

"그게 아니라면, 혹시 임자 있는 몸이에요?"

그녀는 내 눈길을 피하며 상체를 곧추세웠다. 그리고 실내를 한 번 휘둘러보고 나서 다시 나를 마주 보았다.

"그러지 말고 우리 다시 만나기로 해요."

그녀가 말했고 나는 놀랐다.

"언제요?"

"글쎄, 토요일 저녁 여섯시쯤 어때요?"

"좋아요. 그런데 어디서 만나죠?"

"어디가 좋겠어요?"

"음, 마로니에공원 벤치, 어때요? 거기서 집회가 있으면 서울대병원 입구로 하고요."

"좋아요."

약속이 너무 쉽게 이뤄진 것 같아 불안한 느낌이 들면서, 공개적으로 나를 좋아한다고 선언한 여행사 '데미안'의 여자가 생각났다. 생일을 축하해달라며 강제적이고도 재치 있게 데이트 신청을 했는데. 하지만 그녀는 내 손으로 뾰족한 굽을 뜯어내 이제 평평해진 하이힐을 신게 된 박은영을 이기지 못했다. 나는 직장과 집 전화번호를 적어서 그녀에게 주었다.

"은영씨 전화번호는 비밀이죠?"

"네."

"역시 불공정하군요. 옛날처럼."

그녀가 소리없이 웃었다. 그 모습이 조금 쓸쓸해 보였다. 우리는 마담의 다정한 배웅을 받으며 밖으로 나왔다. 마담은 하이힐의 굽을 뜯어내는 데 도움을 준 것으로 우리와 한편이 되었다고 느끼는 것 같았다. 우리가 아니라면 최소한 나와. 그녀는 문 바깥까지 따라 나와서 또 오라고 말하며 푸근하게 웃었다.

박은영과 나는 혜화동 로터리 쪽으로 난 골목길을 나란히 걸어갔다. 그녀가 그 방향으로 가야 한다고 말했다. 그러나 서두르지는 않았다. 그녀는 발아래 땅바닥을 보며 천천히 걷고 있었다. 그렇게 소풍이라도 나온 것처럼 함께 걷고 있으니 내 바로 곁에 그녀의 몸이 있다는 사실이 새삼 놀라웠다. 문득, 그녀의 몸을 만져보고 영혼의 무늬를 느껴보고 싶다는 열망과 함께 잊고 있었던 것이 떠올랐다. 그녀를 처음 봤던 날, 역시 처음 보았던 『플레이보이』의 그 금발 여자였다.

"슬프지 않아요?"

묵묵히 걸어가던 그녀가 말했다.

"뭐가요?"

"그냥, 세월이요."

"젊음은 끝났다, 그런 얘기예요?"

"글쎄, 꿈같아요. 수십만 명의 인파가 거리를 휩쓸고 있는 광경도 그렇고……"

어떤 연상작용 때문이었는지는 모르겠다. 문득, 나를 걷어차 놓고 나비처럼 교문을 향해 뛰어가던 그 장면이 떠올랐다. 그 얘기를 하자 그녀는 싱긋 웃으며 나를 쳐다보았다.

"정말 멀었어요."

그녀가 말했다.

"교문까지요?"

"네. 평소 걸어서 갈 때는 몰랐는데 뛰어가니까 그랬어요."

"나한테 붙잡힐까봐 그랬던 건 아니고요?"
"하지만 따라오지 않았잖아요."
불알이 아파서 꼼짝도 할 수 없었어요, 라고 나는 속으로 말했다.
"'오르페우스'에서도 마찬가지였어요."
그녀가 다시 말했다. 나를 원망하는 것인가. 하지만 그녀는 편안해 보이는 미소를 짓고 있었다.
"그때는 일어서서 따라가려고 했어요."
내가 말했다. 무서웠지만 불알이 아프지는 않았으니까.
"정말이에요?"
그녀가 나를 쳐다보며 물었다.
"그럼요."
"그런데 왜 안 나왔죠?"
"형사가 주저앉혔어요. 신분증을 보여달라고 했죠."
그녀는 고개를 돌렸다. 다시 한번 아까 보았던 그 그림자가 그녀의 미소를 결박했다가 풀어주었다.
우리는 골목을 벗어나 고가도로 아래를 걸었다.
"그런데 그때 내가 따라갔으면 나랑 사귀었을 건가요?"
내가 묻자 그녀가 바로 대답했다.
"아뇨."
너무 쉽게 흘러나온 대답에 맥이 빠졌다. 그녀는 웃고 있지도 않았다. 잔잔히 떠 있던 미소도 사라지고 없었다. 우리는 말없이 걸어가다 횡단보도 앞에 멈춰 섰다. 건너가야 한다고 그녀가 말했다. 이제 막 무대 하나가 막을 내리려 하고 있었다. 다음 장면이 예정되어 있긴 했지만 어쩐지 허전했다. 무슨 말이든 해야 한다는 초조감이 밀려왔다.

"참, 대학로엔 무슨 일로 왔어요?"

그게 멋대가리 없는 내가 겨우 생각해낸 말이었다. 나는 서둘러 말을 이었다.

"이 근처에 사세요? 아니면 직장이 여기 어디 있어요?"

그녀가 나를 쳐다보았다. 살짝 웃었지만 무엇인가 안타까워하고 있다는 느낌이 들었다. 그런데 무엇을? 아니, 누구를? 나를? 그녀 자신을?

"잠깐 저쪽으로 가요."

한참을 가만히 있던 그녀가 말했다. 그러고는 앞장서서 우리가 걸어온 고가도로 아랫길을 되돌아 걷기 시작했다. 그녀의 걸음이 빨랐다. 나는 함께 있는 시간이 연장된 것을 기뻐하며 그녀를 따라갔다. 그녀는 우리가 빠져나온 골목 입구를 지나쳐 얼마 더 바삐 걸어가더니 이윽고 멈춰 섰다. 그리고 맥빠지는 표정을 지었다.

"문이 닫혔네요."

그녀가 말했다. 그리고 또 걸어온 길을 되돌아 걷기 시작했다.

이번에는 느릿느릿 걸음을 옮겼다. 나는 그녀가 걸음을 멈췄던 가게 앞에 잠시 서 있었다. 가게는 아예 셔터까지 내려져 있었다. 레코드가게였다. 누군가의 레코드를 사서 나에게 주려고 한 게 아닐까 하는 생각이 들었다. 내가 몇 걸음 후닥닥 뛰어서 나란히 걷게 되자 그녀가 말했다.

"우리 두 사람의 인연도 평범한 인연은 아닌 것 같아요. 안 그래요?"

그녀는 아까 골목을 걸어나올 때처럼 발아래를 보고 있었다.

"그건 내가 하고 싶었던 말인데요?"

그녀가 힐끗 나를 쳐다보았다.

"왜 안 했어요?"

"그런 말이 떠오르지 않아서요."

"그럼 하고 싶었던 말이 아니죠."

"마음으로 백 번 동감한다는 말이에요."

그녀는 입을 닫았고, 우리는 얼마 뒤 출발점으로 돌아와서 다시 횡단보도를 마주하고 섰다.

"여기서 헤어져요."

그녀의 말에 나는 고개를 끄덕였다.

"그런데 아깐 뭘 사려고 했죠?"

"피터, 폴 앤 메리요."

"나 주려고요?"

그녀는 멍하니 건너편을 보고 있었다.

"예."

이윽고 그녀가 말했다. 나를 쳐다보지는 않았다.

"그때 '오르페우스'에서는 왜 울었어요?"

왜 그 질문을 했는지는 모르겠다. 그녀의 얼굴에 갑자기 어둠이 내렸다. 잠시 나타났다 사라지는 구름 그림자 같은 어둠이 아니었다. 시간에 단층이 생긴 것 같았다. 그녀는 허물어지듯이 침울해졌다. 신호등이 녹색으로 바뀌었지만 그녀는 건너가지 않았다. 또 흐느껴 우는 게 아닐까, 라는 생각이 든 순간, 그녀가 몸을 움직였으나 곧 신호가 바뀌었고, 그녀는 다시 인도로 올라섰다.

"미안해요. 괜한 걸 물은 것 같네요."

"아니에요."

그녀는 짧게 대답하고 다시 미소를 지었다. 그리고 혼비백산한 데모 인파 속에서 떨어져나간 하이힐 굽과 내가 다방에서 망치로 뜯어낸 굽을 하나씩 쥔 양손을 내밀어 보였다. 아, 하고 온몸에 살짝 전율이 흘렀다. 나는 아기처럼 주먹을 쥔 그 손을 내려다보았다. 불과 한 시간여 전에 그 손을 쥐고 골목길을 뛰었는데, 다방에 들어선 이후 그때까지 나는 그 일을 까맣게 잊고 있었다.

"이거, 고마워요. 이제 그만 가세요."

그녀가 말했다. 나는 그 주먹을 만지고 싶었다.

"따라가면요?"

내가 말했고, 그때 신호등이 녹색으로 바뀌었다.

"그러지 마세요. 제가 원치 않아요. 오늘, 정말 고마웠어요. 안녕히 가세요."

그녀는 느릿느릿 그렇게 말했다. 그리고 고개를 조금 숙여 인사하고 걸음을 옮기기 시작했다. 그녀가 횡단보도를 다 건넜을 즈음 나는 외쳤다.

"잘 가세요!"

그녀는 돌아서서 구두 굽을 쥔 오른손 주먹을 자기 가슴 앞에 대고 아기처럼 흔들었다.

"토요일에 봐요. 기타 메고 오세요!"

나는 다시 외쳤다. 그녀는 구름 사이로 비치는 햇살처럼 환하게 웃으며 한동안 서 있었다. 나는 그 모습을 오래오래 기억했다. 지금도 기억하고 있고, 앞으로도 영원히 그럴 것이다. 그녀가 버스정류장 쪽으로 걸어가기 시작했을 때, 차례로 도착한 두 대의 버스에서 한 무리의 사람들이 쏟아져나오더니 그녀를 삼키듯 가려버렸다. 사람들이 뿔뿔이 흩어진 뒤에도 그녀는 보이지 않았다. 나는 정류장이 잘 보이는 곳으로 걸음을 옮겨가며 계속 건너편을 바라보았다. 하지만 그녀는 없었다. 문득, 나와 그녀가 다른 시간대에 속해 있는 것만 같았다.

며칠 사이에 시위는 걷잡을 수 없이 전국으로 확대되어갔다. 규모도 점점 커졌으며, 그 분위기에 편승하여 TV 뉴스에도 이전에는 무서워서 내보내지 못했던 외신들이 등장하기 시작했다. 대체로 한국 정부를 비판하는 기사들이었다. 눈꼬리가 아래로 처진 프랑스 방송의 어떤 자주적인 바보 앵커(♂)는 민정당의 대통령 후보 'RohTaeWoo'를 '호따이우'라고 발음했다.

뜨거운 홍수가 난 듯한 그 와중에도 나는 여행자 조 후버를 만나기 위해 김포공항으로 나갔다. 마흔일곱 살의 조 후버는 짙은 회색 머리를 길게 기른 빼빼 마른 체구의 자칭 '전직' 히피였는데, 말 많고 어수선하고 까불대고 생각의 깊이도 있고 이해심도 많은, 한마디로 뒤죽박죽에다 종잡을 수 없는 유쾌하고 냉소적인 중년 남자였다.

그는 내가 만든 가이드 신분증의 여러 항목에 대해서 하나씩 짚어가며 따지듯 묻더니, 사진이 웃긴다는 엉뚱한 결론을 내놓고는 킥킥 웃었다. 우리는 공항의 밝고 시원한 스낵코너에서 커피를 마셨다. 나는 그가 어떤 목적으로 정치적 불안이 극에 달한 이 나라로 여행 온 것인지 몹시 궁금했다. 일본에서 날아온 그는 통상 여행사와 계약할 때 미리 밝히는 행선지에 대한 정보도 주지 않았다.

"나는 그냥 서울을 이리저리 구경하고 싶어."

그가 말했다. 그런 여행이라면 기계적인 스케줄 관리자를 원하는 게 아니라는 얘기였다. 그러나 그는 아무래도 개성이 강한, 이른바 또라이 같아 보였다. 그는 한국의 대학생들과 시민들이 거지 같은—그는 이 말을 자주 사용했다—최루탄 안개 속에서 우왕좌왕하는 것을 캘리포니아 숲 속의 거지 같은 오두막에 앉아 TV로 보았다며 킥킥 웃었다.

"숲 속의 오두막에서 살면서 TV는 뭐 하러 봐?"

내가 의문을 표하자 그가 말했다.

"오, 심심하고 불안해서."

그는 또 킥킥 웃고 나서, 인간이 해결해야 할 최대의 난제가 바로 심심함과 불안이라는 이론을 늘어놓았다. 그가 보기에 사람들은, 본인들이 몰라서 그렇지 심심함과 불안의 고통에서 벗어나기 위해 살고 있으며 우리 생에는 단지 그 목적밖에 없다는 것이었다. 도시와 사람을 떠나 숲 속의 거지 같은 오두막에서 홀로 살고 있으면서도 TV를 보다니, 최소한 그에게는 그 이론이 옳은 것 같았다.

나는 그가 원하는 대로 하루 종일 그를 이리저리 끌고 다녔다. 서울의 교통은 엉망이었다. 하지만 그는 전혀 불안해하지 않았다. 상황은 다르겠지만 1960년대 미국에서 다 겪었던 일이라고 그가 말했다. 후버는 민주주의와 심심함과 불안과 돈과 섹스와 광신주의에 대해서, 정신을 차릴 수 없을 정도로 왔다갔다

하며 계속 떠들어댔다. 나중에는 그 얇은 입술을 꿰매버리고 싶었다.

나는 그놈의 나불대는 입을 좀 닥치게 하려고 그를 서울대병원 영안실로 데려갔다. 처음에 그는 재미있어하며 식당이냐고 물었다. 장례식장이라는 말에 조금 놀라더니, 밖으로 나오자 곧바로 거지 같다며 웃음을 터뜨렸다. 자판기 커피를 마시면서 나는 한국의 장례식장을 구경한 소감이 어떠냐고 물어보았다.

"인간은 결국 개인으로 남을 뿐이야."

그가 말했다. 그리고 까닭 없이 킥킥 웃고 나서 덧붙였다.

"죽음이 그걸 말해주고 있잖아?"

"어떻게?"

"남들은 다 먹고 마시는데 혼자 아무것도 못 하잖아."

그는 처음으로 구경한 우리나라 장례식장 풍경을 제대로 파악하고 있었다.

우리는 대학로 쪽 입구로 나갔다가 다시 병원을 가로질러 후문으로 나갔다. 창경원에서 동물들을 구경하고 종로까지 걸어가서 한 레스토랑으로 들어갔다. 그리고 맥주를 곁들여 스테이크를 먹으며 계속 노닥거렸다. 식사가 끝나자 그는 피곤하니 호텔로 데려가달라고 했다. 우리는 다시 걸어갔다. 호텔에 도착한 후 버는 레스토랑에서 낸 밥값이 달러로 얼마인지 물었다. 어림짐작으로 계산해주자 그가 또 킥킥 웃었다.

"역시 달러의 착취야. 일본보다 더 심하네."

그는 그 착취를 이용해서, 일본으로 한국으로 올 수 있었다고 덧붙였다. 그게 아니라면, 거지 같은 숲 속의 오두막에서 살고 있는 가난한 그로서는 비행기 값 대기도 빠듯했을 거라는 소리로 들렸다. 그러나 얘기 끝에 그는 자기 말은 역사에 속지 말라는 뜻이라며 역시 엉뚱한 풀이를 보탰다. 그는 로비 라운지에서 좀더 얘기하고 싶어했지만 나는 그와의 대화를 포기했다.

토요일, 나는 꿈처럼 다시 만난 그 여자, 박은영과의 약속 때문에 아침부터 신경이 곤두서 있었다. 나는 며칠 동안 밤이고 낮이고 그녀를 생각하느라고—내 어법으로 표현하자면, 그녀와의 포르노-플라토닉 러브를 몽상하느라고—숙면을 취하지 못했다. 게다가 전날 밤에는 거의 잠을 자지 못했다. 햇빛이 밝게 비치자 눈에 보이는 모든 풍경 앞에 어떤 투명한 막이 쳐져 있는 것 같았다.

조 후버는 오전 내내 호텔에 있었다. 그는 떠오른 생각이 있어서 그걸 정리해야 한다며 방에서 나오지 않았다. 나는 로비 라운지의 푹신한 의자에 파묻힌 채 『데미안』을 읽고 있었다. 이미 여러 번 읽은 그 책이 제대로 눈에 들어오지 않았다. 자고 싶었으나 잠도 오지 않았다. 후버는 서너 번 로비로 내려와서 횡설수설하고는 계단을 올라갔다. 점심을 먹은 뒤에는 커피를 한

잔 마시고 다시 객실로 올라가려고 했다.
 마침내 나는 짜증을 내고 말았다.
 "헤이, 조. 필요 없으면 난 가겠어."
 "뭐? 왜 그래?"
 "난 가이드야, 자식아."
 "그래, 넌 가이드야. 누가 아니래?"
 "덮어놓고 무작정 기다리는 사람이 아니란 말이야. 네 비서가 아니라고."
 그는 오, 하며 다시 자리에 앉았다.
 "맞아. 넌 내 비서가 아니야."
 "그러니까 여행을 하자고. 그래야 가이드를 하지."
 그가 킥킥 웃고 나서 말했다.
 "이봐, 무슨 일이야? 왜 그래?"
 "난 움직이고 싶어. 그뿐이야."
 오, 하며 그는 한 수 아래 인간을 대하듯이 나를 바라보았다.
 "직업병이군."
 "뭐?"
 "병이라고."
 말도 안 되는 헛소리였지만 그가 다시 떠들어주니 초조함이 가셨다. 나는 떠버리 후버가 객실로 들어가지 못하게 붙잡아야겠다고 생각했다. 그래서 그의 진단에 깊은 감명을 받은 것처럼 굴었더니 그는 여행 가이드 직업병에 대한 처방으로 명상을 제안했다. 과연 진지하고 경박하면서 오락가락하는 '전직' 히피다운 말이었다.

"존재하고 있다는 그 자체가 의미야."

그가 말했다.

"아하."

"명상을 하면 그걸 느낄 수 있지."

"그래?"

"그럼. 그런데도 사람들은 뭔가를 찾겠다고 자꾸만 이리저리 왔다갔다해."

"그런 너는 왜 한국까지 왔어?"

"난 이리저리 돌아다니면서도 명상을 할 수 있거든."

"그래서?"

"자, 이제 슬슬 나가보자고."

이 인간은 정말 제멋대로였다. 어쨌든 나가서 돌아다니자는 결론은 마음에 들었다. 따질 생각이 전혀 없었다. 나는 여자처럼 고무줄로 머리를 묶고 조그만 초록색 가방을 어깨에 걸친 그를 데리고 도보여행을 시작했다. 목적지는 물론 박은영을 만나기로 한 마로니에공원이었다. 그녀는 기타를 메고 나올까?

일단 걷기 시작하자 삼십 분도 안 되어 온몸에 땀이 나고 나른해지면서 마음이 편안해졌다. 후버는 종로서적에서 그레이엄

그린의 책을 한 권 샀으며, 종로3가에서는 빵집 앞에 서서 갓 튀겨낸 도넛을 먹었다. 그리고 광장시장 안으로 들어가 한참 헤매다가 나와서, 줄지어 늘어선 노점들을 하나하나 구경했다. 그는 이화동의 어떤 예식장 앞에서 열댓 명의 젊은 남녀들과 함께 사진을 찍었다. 신랑 신부의 친구들인 그들은 아무 이유 없이 조 후버를 열렬히 환영했다.

세 시간이 지나 있었다. 우리는 마침내 마로니에공원에 도착했다. 시위대는 없었다. 그날 대학로는 평온했다. 우리는 눈에 잘 띄는 벤치에 앉아서 호텔에서 담아온 냉수를 마셨다. 후버는 아주 만족스런 도보여행이었다고 말했다. 그렇다니 다행이었다. 그가 호텔을 나서자고 했을 때, 나는 이미 후비와의 여료를 박은 영과의 데이트로 연결시키기로 마음먹고 있었다. 물론, 그녀가 나타나는 순간 후버는 택시에 실려서 호텔로 퇴장할 것이었다.

그러나 박은영이 나타나지 않았다. 그녀는 약속한 여섯시가 지나도 나타나지 않았다. 그 동안 후버는 월남전 반전데모로 날밤을 새웠던 얘기에 열을 올렸다. 그는 분노를 터뜨리고, 명상을 하고, 섹스를 했다고 말했다. 일곱시에 나는 소주와 어묵을 사다가 후버와 나눠먹었다. 가시처럼 곤두섰던 신경이 늘어지면서 노곤한 체념이 마음을 채우기 시작했다.

나는 내 사연은 조금도 모른 채 곁에 머물고 있는 조 후버에게 고마움을 느꼈다. 그가 갑자기 호텔로 가야 한다고 할까봐 나는 그를 재미있게 해주려고 마구 떠들어댔다. 체육관 선거를 얘기하면서 내가 분개하자 그는 박수를 치면서 웃어댔다. 체육관 선거에 대해서 웃는 것인지 나의 분개에 대해서 웃는 것인지 알 수 없었다. 킥킥 웃던 그는 내가 민주주의에 대한 순진한 환상을 가지고 있다고 경고했다.

"모든 게 다 과정일 뿐이야. 종착지 같은 건 없어."

그가 말했다.

"하지만 우리는 지금 체육관 선거라니까!"

"그래, 그 거지 같은 건 날려버려야지. 하지만 그 다음엔 또다시 거지 같은 환멸을 맛보게 될 테니까 그걸 각오하란 얘기야."

"무슨 소리야?"

"봐, 지금 너희는 사회를 바꾸려 하고 있어. 왜 그래야 하는가에 대한 철학과 사상이 있다고. 성공할 거야, 아마. 그러나 이게 마지막이 될 수도 있어."

"뭐가 마지막이야?"

"더이상 철학과 사상이 힘쓰는 세상이 아니라는 얘기야."

"그럼 뭐가 힘을 쓰는데?"

"숫자."

"뭐?"

"숫자가 모든 걸 결정하지. 오로지 숫자야. 사상? 철학? 그런 건 그냥 장식품일 뿐이야. 중요한 건 숫자라고. 미국은 이미 오래 전부터 그렇게 흘러가고 있어. 숫자에 미쳤어. 만약 네 나라에 파국적인 위기가 온다고 생각해봐. 사람들이 사상과 철학에 기대서 판단할 것 같아? 천만에. 머릿수를 조사할 뿐이야. 싸구려로 죽을 것인가, 고급으로 죽을 것인가, 다 함께 죽을 것인가, 따로따로 죽을 것인가, 통계를 낸다고. 알아들어?"

나는 후버가 과장하고 있다고 생각했다. 왕년의 히피의 과도한 이상주의가 빚어낸 비관주의로. 하지만 21세기도 여러 해가 흘러간 지금, 나는 왕년의 히피 조 후버의 말이 어느 정도 옳았음을 인정한다.

그렇다. 이제 더이상 사상도 철학도 문학도 대수가 아니다. 손을 들어주는 자랑스러운 민주인간이 몇명인가, 라는 게 중요하고, 다수가 왕이다. 절대다수라면 거의 신의 경지를 획득한다. 그런데 손을 들 것인가 말 것인가는 거의 전적으로 돈이 되느냐 안 되느냐에 달려 있다.

전 세계가 이렇게 흘러가고 있는 모양이다. 얼마 전에 나는 숫자에 대한 역겨움을 얘기하는 올리비에 롤랭의 소설을 읽은 적이 있다. 작가는 68혁명 뒤의 환멸을 등에 지고 프랑스를 떠났다가 친구의 사망 소식을 듣고 이십 년 만에 귀국한 한 남자의 입을 빌려서 숫자에 대한 반감을 신랄하게 드러냈다.

남의 머릿수를 헤아리는 것은 속물적인 한심한 짓이라고 그 남자는 말했다. 자신들의 시절에는 숫자놀이라는 것이 없었으며, 그때 사람들은 남의 머릿수를 따르는 게 아니라 스스로 판단했다고 그는 말했다. 숫자가 아니라 자신의 정신에 따라 행동했으며, 어떤 것을 원하고 어떤 것을 거부할 때 철학에 의지했다고 그는 말했다.

그는 말했다 : 우리는 다수라는 태반에 묶여 있지 않았으며, 소수가 되는 일에 자부심을 가졌고 외로움을 부끄럽게 여기지 않았다. 용기를 아름답게 여겼으며, 무모한 도전과 희망과 신념을 실천하고 지키는 데 성공을 필수조건으로 생각하지도 않았다. 그래서 항상 어리석음을 벗어날 수 있었던 것은 아니지만 최소한 순응주의에 사로잡히지는 않았다. 그러나 이제는 기계가 그려내는 그래프의 변동이 사람들의 머리를 차지하고 있다. 정신이 아니라 통계가 인간에 대한 판단을 내린다.

과연, 자유민주주의 시장경제의 나라라는 대한민국도 그렇다. 질문 무엇을 위해서 어떻게 살 것인가? 답 머릿수를 조사해보고 다수를 따라가라. 질문 저 다국적 악질 도둑놈을 인위적으로 죽일 것인가 자연사할 때까지 감옥에서 보호해줄 것인가? 답 사람들이 어디에 줄을 서는지 머리통을 헤아려보라니까. 질문 빌어먹을, 왜 자꾸 머릿수만 따지는 거야? 답 그게 가장 좋다고 통계에 나와 있잖아, 자식아 등등. 물론 이러한 숫자놀이 뒤에는 때론 은밀하게 때론 뻔뻔스럽게 거수를 조종하는 황홀한 입술, 즉 돈다발이 있다.

나는 박은영이 나타났다가 내가 없는 줄 알고 가버릴까봐 화가 난 타조처럼 뛰어가서 소변을 보고 공중전화부스로 들어갔다. 114에 전화를 걸어 신촌의 H 레스토랑 전화번호를 물었더니, 코맹맹이 소리를 내는 여자가 전화번호부에 올라 있지 않다고 했다. 나는 다시 화가 난 타조처럼 뛰어서 재빨리 벤치로 돌아왔다.
 아홉시가 넘었다. 외등의 불빛이 공원의 어둠을 더욱 짙어 보이게 만들고 있었다. 아닌 척하고 있었지만 나는 소주를 사다 마실 때부터 이미 무척 화가 나 있었다. 나는 그 여자가 끝내 나타나지 않으면 내 마음에 어떤 감정들이 자리잡을까 생각해 보았다.
 쓸쓸하다기보다는 씁쓸할 것이고, 보고 싶은 마음도 들겠지만 어차피 대학 시절의 그 여자는 아니었다며 체념을 준비하리라. 그리고 아마도 미련이 남아서 오늘이 지난 다음 몇 번쯤 이 벤치를 찾아와 가만히 앉아 있거나, 망치로 하이힐 굽을 떼어냈던 그 다방에서 한복을 입은 마담과 노닥거리며 커피를 마시기도 하리라. 혹시 그 마담은 한복의 풍만한 곡선 아래 자기 몸의 삐죽삐죽한 열정을 숨기고 있는 게 아닐까?
 나는 '데미안'의 당돌하고, 밝고, 귀여운 그 여자를 생각했다. 아직 신촌의 H 레스토랑에 있을까? 아마도 지금의 나처럼 화가 잔뜩 났겠지. 하지만 내가 약속한 것은 아니었다. 그래도 미안했다, 많이. 그런 감정이 들었다. 어쩔 수 없다, 하지만 미안하다. 아니, 미안하다, 하지만 어쩔 수 없다, 그런 마음. 그렇지만 오늘이 지난 다음에도 계속 미안해할 것 같지는 않았다. 정말 미안하게도.

열시가 가까워지고 있었다. 떠버리 후버와 장단을 맞추려니 입도 아프고 머리도 아팠다. 게다가 겉으로는 웃으면서 속으로는 화를 끓이고 있으려니 몹시 피곤했다. 그때 발랄하고 진지하게 오락가락하는 쾌활한 비관주의자 조 후버가 나의 내면을 간파했다. 그는 거지같이 굴지 말고 이실직고하라며 킥킥 웃어댔다. 시간 끌 구실이 생겨서 나는 기뻤다. 나는 박은영과의 사연을 들려주었다. 그러자 역시 그가 논평을 내놓았다.

"헤이, 그 여자가 너를 도와주고 있는 거야, 바보야."

"도와주긴 뭘 도와주고 있다는 거야?"

"만나봐야 좋을 게 전혀 없다는 소리야."

"왜?"

"그건 자연의 거지 같은 교활한 음모에 말려드는 거니까. 그 여자의 이상한 동굴을 들여다본 대가로 평생 묶이는 거라고, 바보야."

"내가 묶이고 싶다면?"

"목장의 아빠소가 돼서 줄줄이 딸린 송아지들을 보며 후회하겠지. 아마 십 년도 못 돼서 개성과 상상력을 스스로 도살처분하게 될걸? 그런 건 아빠로 살아가는 데 거추장스러울 뿐이니까."

조 후버는 마흔일곱 살의 독신자였다. 그 나이의 독신 남자로서는 충분히 할 수 있는 말이었다. 마흔일곱 살에 아이를 낳아서 어쩌겠는가. 더구나 캘리포니아 숲 속의 거지 같은 오두막에 살고 있는 독신자가 말이다. 그가 말을 이었다.

"이봐, 그 여자가 오지 않으면 넌 영원히 그 여자를 사랑할 수 있어. 그것도 완벽하게 자유를 누리면서."

그래, 그건 옳은 말이었다. 영원히 사랑하는 방법은 한창 사랑하고 있을 때 헤어지는 것이다.

"꼭 손으로 만지고 몸속으로 기어들어가야 사랑인 건 아니야. 자자, 그 여자가 오기 전에 어서 도망가자."

큰길에서 공원의 얼룩덜룩한 어둠 속으로 수십 명의 사람들이 몰려들고 있었다. 대학생들이었다. 그들은 역사의 변화를 이끌고 있다는 자부심으로 다들 어깨가 부풀어올라 있었다. 나는 그들이 왁자지껄하게 떠들면서 신문지를 펼치고 술자리를 만드는 것을 바라보았다. 그 동안 후버가 맥주 두 병을 사왔다.

"자, 마지막으로 한 병씩 마시고 철수하자. 그 여자는 안 오니까 마음 접어."

나는 맥주를 마셨다. 한 병을 쉬지 않고 억지로 다 마셨다. 고문을 당하는 것 같았다. 머리가 핑그르 돌면서 구역질이 났다. 나는 휘청거리며 화장실로 갔다. 세수하는 대학생들이 많아서 그냥 밖으로 나왔다. 후버가 맥주를 홀짝이며 따라왔다. 나는 어둑한 뒷골목으로 갔다. 후버는 골목 입구에서 기다렸다. 외등이 그의 그림자를 길게 만들고 있었고, 나는 그 그림자 속에서 토하고 있었다.

택시를 탔을 때 내가 말했다.
"오늘 고마웠어. 정말 멋진 명상이었어."
그는 내 등을 토닥여주었다. 내가 그의 가이드인지 그가 내 가이드인지 알 수 없었다. 호텔 앞에 택시가 섰다. 후버는 청 재킷의 가슴 주머니에서 메모지를 꺼내더니 읽기 어려운 희한한 필체로 자기 주소를 적어주었다. 그는 자신의 오두막을 찾아오면 평생 잊을 수 없는 섹스파티를 열어주겠다고 약속했다.
"다국적 다인종 섹스파티가 될 거야."
미친놈, 하고 내가 속으로 중얼거리는 사이 그가 덧붙였다.
"단, 미리 예약을 해야 해."
"여자와 함께 가면?"
내가 물었다.
"오, 그럼 예약하지 않아도 돼."
그가 대답했다. 그리고 나 같은 가이드를 만난 건 행운이라고 덧붙였다. 아무래도 이해할 수 없는 종자였다. 그는 고맙게도 다음날은 가이드를 해주지 않아도 된다고 했다. 호텔 주변을 홀로 산책하면서 오전을 보내고 오후에 떠나겠다는 것이었다. 더욱 고맙게도 공항까지 데려다줄 필요도 없다고 했다.

"생큐! 생큐 베리 머치, 조!"

내가 말했다. 나는 그 택시를 타고 곧장 신촌으로 가기로 했다. 차가 움직이기 시작하자 그가 소리쳤다.

"헤이!"

내가 돌아보자 그는 두 손으로 엿을 먹였다.

"이거 먹고 제발 정신차려, 시발 자식아!"

그가 외쳤다. 그리고 킥킥 웃었다. 어쩐지 사기를 당한 기분이 들었다. 정확하게 뭐라 설명할 수 없는 기분이었지만 깊이 따져볼 만한 정신상태는 아니었다. 하지만 기분이 나쁜 것은 아니었다. 미리 말하자면 조 후버는 다음날 아침 데미안에 들러 항공권을 받고 가이드 수수료 잔액을 깨끗이 계산했다. 그는 거짓말을 하는 사람은 아니었다. 그러나 그에게 내 주소를 써주지 않은 건 잘한 일이라고 생각되었다.

처음에 나는 그녀를 알아보지 못했다. 그녀는 H 레스토랑이 있는 사층 건물의 어둑한 입구 한 귀퉁이에 서 있었다. 베이지색 원피스에 검정 구두를 신고, 두 손에 쥔 갈색 핸드백을 무릎

위로 올려놓고 있었다. 나는 멀리서 그녀의 형체가 보인 순간부터 별 생각 없이 촘촘히 뜯어보았다. 그 사람이 그녀라는 것도 모른 채. 반짝이는 귀고리가 막대 모양인 걸 보고서야 그녀라는 걸 알았다.

"아직까지 여기 있었어요?"

내가 말했다. 내가 저편에 나타난 순간부터 그녀 앞에 설 때까지 그녀가 나를 쭉 지켜보고 있었다는 느낌이 들었다. 그녀의 눈에 눈물이 돌더니 이어서 분노의 파도가 일었다. 강렬한 분노는 아니었다. 내가 아는 그녀는 그런 분노를 품을 줄 모르는 사람이었다. 세월이 많이 흐른 지금에야 나는 그 사람에 대해서 다시 미안한 마음을 갖게 되었다.

"생일 축하해요."

내가 말했다. 그러고는 입을 닫았다. 그녀는 계속 나를 노려보고 있었다. 그녀의 뺨 위로 눈물이 흘러내려서 마음이 아팠으나 나는 곧 냉정해졌다. 그녀가 내 뺨을 때렸다. 제법 따가웠다. 나는 고마웠다. 그녀는 내 곁을 스치듯 지나쳐서 걸어나갔다. 내가 잡아주기를 바랐는지도 모르겠다. 그러나 나는 그녀가 홀로 가도록 내버려두었다. 그녀를 잡으면 그녀와 나를 동시에 속이는 것이라고 생각했다.

나는 박은영을 생각했다. 박은영과 '데미안'의 여자가 겹쳐지면서, 이것이 바로 인생이라는 강한 느낌이 밀려왔다. 그게 어떤 논리인지는 알 수 없었다. 아니, 그것은 어떤 논리도 아니었다. 나는 시간에 실망했던 것 같다. 실망이라는 말은 부족한 듯하니 절망이라고 해도 좋겠다. 조금 비약해서, 시간이 나의 적임을 두 여자가 가르쳐주었다고 해두자. 내 인생은 전적으로 나의 여행이지만, 결코 내 마음대로 되지 않는 여로라는 얘기다. 언제나 어긋나고 유보되는 시간처럼. 끝내 붙잡을 수 없는 무지개처럼.

다시 홀로된 나는 멍청하게 서서 담배를 피웠다. 거리에는 나처럼 취한 대학생들이 소리를 지르며 오가고 있었다. 그들의 일부는 캠퍼스로 들어갈 것이다. 그리고 모닥불을 피워놓고 오늘 하루의 전투에 대해 얘기를 나눌 것이다.

외로움이 밀려왔다. 나는 길가의 공중전화부스로 들어가 내 인생 최초의 포르노잡지 가이드 고형진에게 전화를 걸었다. 그는 잠과 술에 취해서 횡설수설했다. 그는 못된 과장놈이 죽었다면서 웃더니 여행을 하고 싶다고 했다.

나는 어두운 거리를 터덜터덜 걸었다. 머릿속으로는 대학 시절을, 박은영을 다시 만났던 그 시간을 생각하고 있었다. 청색 물방울무늬의 하늘색 원피스를 입고, 청회색 케이스에 넣은 기타를 둘러메고, 외로운 나비처럼 느린 듯 빠른 듯, 검은 머리카락과 원피스 자락과 하얀 팔다리로 아름다운 곡선을 그리면서 나를 황홀한 춤꾼이 되게 했던 그 여자와의 시간을.

나는 춤을 추며 그녀를 따라갔다. 낡은 집들 사이사이 새로운 건물이 들어서고 있던 골목길은 여전했다. 십 년이나 흘렀지만 그 골목은 아직 자본의 은혜를 제대로 입지 못하고 있었다. 그만큼 매력 없는 골목이었다. 커다란 사과궤짝 같았던 '오르페우스'도 그대로 있었다. 벽과 천장의 회색 판자와 시멘트 바닥과 둥근 나무탁자는 한 번도 바꾸지 않은 것 같았다.

털보도 아직 거기 있었다. 그는 많이 늙어 보였다. 그는 텅 빈 지하의 바에 걸터앉아 막걸리를 마시고 있었다. 탁자들은 모두 한쪽으로 몰려 있고, 종이박스 꾸러미가 여러 개 쌓여 있었다. 곧 건물이 철거되기 때문에 다음날 비워줘야 한다고 했다. '오르페우스'는 사라지기 직전이었다. 그런 이유로 그는 감상에 젖어 있었다. 여전히 곰 같았지만, 이제 명백히 하향곡선을 그리기 시작한 지난 세대의 곰이었다.

그는 나를 반겨주었지만 취했는지 나를 제대로 알아본 것 같지는 않았다. 우리는 함께 막걸리를 마셨다. 나는 박은영에 대해서 몇 마디 늘어놓았으나 그는 '오르페우스'의 역사에 대해서만 떠들고 싶어했다. 그것도 아주 많이, 마구. 살아낸 세월이 많고, 어떤 역사의 마지막에 이르게 되면 할말이 많아지는 법이다.

"다 먼지 같은 얘기지 뭐."

그가 말했다. 그는 정말 가난이 뭔지 알고 있었던 농촌 출신 대학생들 얘기에서부터, 드라마 같은 사랑을 했던 커플들의 얘기를 거쳐, 은밀한 모임을 주선하고 도움을 주었던 얘기까지, 밤하늘의 별들 같은 '오르페우스'와 자신의 역사를 시시콜콜 늘어놓았다.

"누가 이런 것들을 기억하겠어?"

그가 말했고 나는 고개를 끄덕여주었다.

"기억한들 또 얼마나 가겠어?"

그가 말했고 나는 계속 고개를 끄덕여주었다. 그는 달콤하고도 비관적인 말들을 끝없이 쏟아냈다. 그는 희망의 행진이 거리를 휩쓸던 그 시절에 독자적인 비관주의를 견지한 몇 안 되는 대학가 사람들 중의 하나였다. 나는 돈 안 되는 그런 고독을 자기만의 별처럼 간직하고 있는 사람들을 존경하는 편이다. 그래서 그의 지겹고 감상적인 푸념을 다 들어주었다.

열두시가 지났을 무렵, 입에 맑은 침이 고이면서 속이 울렁거리기 시작했다. 거절하지 않고 주는 대로 받아마신 막걸리 때문이었다. 털보가 진지하게 얘기하고 있는 도중에 자리를 뜨고 싶지는 않으므로, 나는 그가 말을 멈추기를 기다렸으나 참는 데도 한계가 있었다. 결국 나는 손바닥으로 입을 틀어 막고 화장실로 달려가야 했다.

"아, 생각났어!"

그때 그가 외쳤다. 나는 이미 화장실 문턱을 넘어가 있었다.

문을 닫고 내 속에서 뱃놀이를 하고 있던 연놈들을 모두 변기에 쏟아냈다. 그리고 이상하게도 순식간에 멀쩡해져서 돌아오니 털보가 페트병에 담긴 차가운 보리차를 따라주었다. 그 생명수 같은 갈색 물을 벌컥벌컥 마시고 있는데 그가 귀가 번쩍 뜨이는 말을 했다.

"아까 얘기한 그 여자 말이야, 여기 한 번 왔었어."

"네? 박은영 말이에요?"

"그 여자 이름이 박은영인지, 여기서 노래를 부르다가 울었는지 어쨌는지, 그런 건 모르겠고."

"그런데요?"

"자네가 여기 두고 갔다는 그 엽서를 어떤 여자한테 전해줬던 게 생각났어."

그렇다면 박은영이 틀림없었다.

"그게 언제죠?"

"몰라, 그건 나도 몰라."

최소한 내가 대학을 졸업한 뒤의 일이었을 텐데, 그는 더이상 기억하지 못했다. 전후상황 같은 것은 전혀 떠올리지 못했다. 박은영에게 주려다가 실패하고 벽에 걸어놓았던 꽃다발에 대해서도 그는 기억하지 못했다. 그러나 내가 낙서를 적은 엽서를 그녀가 가져갔다는 것을 알았으니 그것만으로도 충분했다.

"혹시 캘리포니아 숲 속의 거지 같은 오두막으로 놀러 가고 싶어요?"
나는 털보에게 물었다.
"캘리포니아는 왜?"
"어떤 미국 히피가 다국적 다인종 섹스파티를 열어주겠답니다."
"와, 그럼 가야지."
그가 말했다. 그리고 막걸리를 바닥에 토했다.

체육관 선거는 역사의 유물로 사라졌다. 먹구름이 걷히면서 맑은 햇살이 대지를 비추었으며, 자기 삶의 자리에서 추방되었던 많은 사람들이 돌아왔다. 그와 더불어 새로운 전선이 형성되었으며, 영광의 계절은 이미 환멸의 계절을 준비하고 있었다. 그러나 최소한 아직은, 남녀노소 만인이 나서서 자기가 돈의 연인이며 숫자놀이의 마니아라고 자랑하는 머릿수 조사 공화국은 아니었다.
그해 여름이 다 지나도록 박은영은 연락을 하지 않았다. 이것으로 진짜 마지막이구나, 하고 나는 생각했다. 우리는 아무래도 그런 운명인 모양이라고 나는 체념했다. 8월 하순 어느 날 나는 마로니에공원의 그 벤치와 건너편 주택가를 지나 한복을 입은 우아한 마담이 있는 다방을 찾았다. 열한번째로, 마지막 순례였다.
그 여자, 박은영에게 무슨 사연이 있으려니 생각했다. 그렇게 생각하고 싶었다. 내가 싫어서 피한 게 아니라고 스스로를 위로하고 싶었던 것일까? 어쩌면 그랬던 것인지도 모른다. 하지만 훗날 청년이 얘기해준 그런 사연이 있을 줄은 상상도 못했다. 나는 그저 내가 아닌 다른 사람과 더 강한 인연의 끈이 있으려니 생각했다. 그래서 나와의 인연을 차단한 것이라고. 그래, 그것도 옳은 추정이기는 했다.

한편, 그녀의 알 수 없는 세속적인 사연과는 무관하게, 나는 다른 자각도 하나 얻었다. 그것은 청년에게 들어서 그녀의 사연을 알게 된 뒤에도 독자적인 의미를 유지하고 있는 나만의 몫이다. 처음엔 젊은 날에 대한 이미지였다가 지금은 인생 전체에 대한 이미지로 바뀌었는데, 삶이란 그 여자 박은영과 같은 게 아닐까, 하는 것이다. 언제나 그립고, 언제나 정체불명이고, 결코 소유할 수 없는, 무지개 같은 그런 것…… 아닌가?

가을이 되었다. 나는 '데미안'의 가이드와 작별을 고했다. 글을 쓰고 싶었다. 내 이야기를 하고 싶었다. 나에게도 할말이 있다는 느낌이 온몸에 가득했다. 나는 책을 읽고 글을 쓰는 내내 종로의 한 레코드가게에서 산 피터, 폴 앤 메리의 테이프를 들었다. 그들의 아름다운 화음 위로 박은영의 목소리가 겹쳤다. 이 글을 쓰고 있는 지금도 나는 그들을 듣고 있다. 사랑과 평화와 행복의 꿈을 호소한 그들의 아름다운 노래는, 전 세계 어디에서도 여전히 현실이 되지 못했다. 여전히 현실이 아니다. 그래서 여전히 그립고 여전히 슬프다.

4

 몇 해 전 가을날 오후, 청년은 내 이름을 확인하고 인사를 하더니 이렇게 말했다.
 "저는 김수영이라고 합니다. 저, 그러니까 저는 독자인데요, 선생님 소설……"
 그때까지 나는 한 번도 내가 모르는 독자의 전화를 받아본 적이 없었다. 딱 한 번 출판사로 낯선 편지가 온 적은 있었다. 생각지도 못했던 편지였다. 그는 나의 소설 『왈츠』를 읽었다면서 소감을 말했다. 그리고 나의 다른 작품들도 읽고 싶으니 보내줄 수 없겠느냐고 했다. 그는 사업 실패로 부도를 내고 복역중인 내 또래의 남자였다. 책을 보내자 답장이 왔다. 크게 기대하지 않았는데 책이 와서 많이 놀랐고 무척 기뻤다는 내용이었다. 그는 계속 좋은 작품을 쓰기를 바란다고, 또 주님의 가호가 충만하기를 기도드린다고 했다.

　청년이 떠듬떠듬 말하는 동안 그 사내가 떠올랐다. 그가 어떻게 되었는지 궁금했다.

　"지금 저녁노을이 아름답게 펼쳐져 있습니다. 붉은 노을이 장관을 이루고 있는 모습을 여기에 담아 보냅니다."

　그가 두번째 편지에서 한 말이다.

　"저, 뵙고 싶어서 그러는데요…… 잠깐만 시간 좀 내주셨으면 해서요…… 지금 아파트 단지에 와 있거든요……"

　청년이 말을 이어가는 동안 나는 창밖의 허공을 보고 있었다. 물속 같은 푸른 하늘에 오후의 햇살이 무수한 사선을 긋고 있었다. 이런 날이라면 과연 노을이 장관을 이룰 것이다. 하지만 사방이 콘크리트 빌딩으로 가득하니, 노을이 장관이라 한들 내 몫은 아니다. 어쩌면 다시 자유로워진 그 사내가 오늘 저녁 아름다운 노을을 보게 되리라.

　나는 순식간에 감상에 빠져버렸다. 시원한 막걸리나 한잔하고 싶었다. 전화를 끊고 몇 군데 연락해서 낚이는 자가 있으면 함께하고, 아니면 혼자서라도 한잔하자고 생각했다. 당연히 청년은 만나지 않을 작정이었다. 몇 초 사이에 결정이 내려졌다. 게다가 나는 작품에 대한 얘기를 듣기 위해 작가를 찾을 필요는 없다고 생각하는 쪽이다. 하나의 작품이 완성된 순간, 그 작품의 의미는 독자 자신에게 있는 것이지, 작가의 부연설명에 있는 게 아니기 때문이다. 따라서 우리는 만날 이유가 없었다.
  그러나 청년의 목소리가 나를 끌어당겼다. 이상한 끌림 같은 게 있었다. 이상하다고밖에 말할 수 없다. 그 끌림이 돌풍처럼 생겨난 감상과 막걸리에 대한 열망을 이겨냈으니. 어쩌면 청년에 대한 이끌림도 같은 감상에서 나온 것인지 모른다. 감옥에서 편지를 보냈던 그 사내의 기억이 만들어낸 마음의 바람 말이다.
  좋다, 그렇다면, 하고 나는 수정했다. 일단 청년을 만나고, 그 다음에 오늘 저녁의 막걸리 선수를 낚기로 하자.

  바람이 잔잔하게 불고 있었다. 그 잔잔한 바람에 아직 완전히 물들지 않은 낙엽들이 속삭이듯 서걱거리고 있었다. 나는 기분 좋게 서늘한 공기를 맘껏 들이마시며 잔디밭 사이 좁은 길을 걸어갔다. 잠자리채를 어깨에 걸친 예닐곱 살쯤의 두 남자아이가 행복에 겨운 모습으로 재잘대며 지나갔다.
  나는 찻길을 건너가 지하 레스토랑에서 청년을 만났다. 흔히 하는 말로 인상이 좋은 사람이었다. 체격은 균형이 잘 잡혔고, 얼굴은 특별히 잘생겼다기보다는 편안함을 주는 쪽이었다. 전체적으로 밝은 건강함이 느껴지는 사람이었다. 청년은 나를 보더니 자리에서 일어나 초등학생처럼 꾸벅 인사를 했다.

담배를 빼물자 그가 재빨리 라이터를 켜서 불을 붙여주었다. 그런 서비스는 내가 별로 좋아하지 않는 것이었지만, 생판 모르는 그가 그러는 게 어쩐지 밉지 않았다. 그는 시종 잔잔한 미소를 띠고 있었는데, 커피가 와서 한 모금씩 마시고 나자 내 소설 『누가 보았을까, 그녀를』을 내밀며 사인을 부탁했다. 전화할 때와 달리 또박또박 말했다.

나는 사인을 해주었다. 즐거움이 없지 않았다. 워낙 악필인 나로서는 그럭저럭 성공적인 사인이 되어 마음이 놓였다. 청년도 고맙다며 고개를 숙여 예를 표하고는 기쁜 얼굴로 그걸 들여다보았다. 그리고 고개를 들어 부드럽게 웃으며 나를 똑바로 바라보더니 내가 전혀 생각하지 못한 대사를 읊기 시작했다.

"저, 선생님……"

"왜요?"

"실은 제가 거짓말을 했습니다."

"무슨 거짓말요?"

"독자라고 한 거요."

"거짓말이라면……?"

"그러니까요……"

"독자가 아니라는 얘긴가요?"

"네, 지금까지 선생님 책을 한 권도 읽은 적이 없으니까 아직 독자라고 할 수는 없겠죠……"

질문인 듯 들려서 나는 고개를 끄덕여주었다. 그러면서 얼굴 가득 미소를 띠고 있는 이 인상 좋은 이상한 놈의 정체는 뭔가, 하고 노려보았다. 조금 화가 나려고도 했다. 그러나 인상을 찌푸리지는 않았다. 화가 나면서도 그 상황이 재미있고 우스웠기 때문이었다.

"하지만 지금부터 열혈 독자가 되겠습니다."

그가 말했고 나는 조금 웃었다.

"그래요, 열혈까지는 바라지 않으니까 그냥 독자가 되어보세요."

"네."

그는 공손하게 대답했다.

"그럼 그냥 내 책에 사인을 받으려고 찾아온 거예요?"

싱거운 인간이구나, 생각하며 나는 물었다. 그러자 그가 뜻밖에도 서둘러 고개를 저으며 아니라고 했다.

"아니면 뭐죠?"

"사실은 마음도 급하고, 설명드리기도 어렵고 해서 편하게 독자라고 말했습니다."

그게 뭘까, 설명하기 어렵고, 청년을 조급하게 만든 것이…… 불쑥, 이라고 표현해도 좋을지 모르겠지만, 정말이지 불쑥 궁금증이 일었다.

"도대체 무슨 일인데 그래요?"

내가 묻자 그가 대답했다.
"실은 내일 밤 대학로에서 작은 포크송 콘서트가 있거든요."
"포크송?"
"네."
"그런데요?"
"거기 참석해주셨으면 해서요."
나는 잠자코 그를 바라보다가 물었다.
"내가? 왜요?"
"이유는 묻지 마시고요, 꼭 와주시면 고맙겠습니다. 거절하셔도 어쩔 수 없지만 꼭 좀 와주셨으면……"
갑자기 소설적인 상상으로 머리가 복잡해졌다. 누군가 나를 상대로 해프닝이라도 꾸미고 있는 것일까? 하지만 내 주변에는 그럴 만한 사람이 없었다. 제발 그런 일을 누군가 꾸며줬으면 좋겠다. 그런 일이라면 기꺼이 모른 척하고 말려들어가주고, 또 상황에 맞게 내 쪽에서도 돌발적이고 재미난 장면을 보태줄 수 있을 텐데.
"부탁드리겠습니다. 꼭 좀 와주세요."
그가 재촉하듯 다시 말했다. 그러자 내 입에서 엉뚱한 말이 튀어나왔다.
"몇살이죠?"
나이가 이 일과 무슨 상관이 있다는 것인가.

"스물다섯 살입니다."

그가 대답했다. 역시 그 대답은 아무런 도움이 되지 않았다.

"글쎄요, 미안하지만 반드시 가겠다고는 못하겠어요."

아무래도 얼마간의 방어가 필요하다는 판단이 들어서 그렇게 말할 수밖에 없었다. 어쨌든 그에게 나는 최소한 그가 사인해달라고 내민 책에 씌어 있는 약력만큼이라도 알려진 사람이지만, 내 앞의 이 인상 좋은 청년은 자기 입으로 말한 이름과 나이 외에는 새까만 미지의 존재였으니까.

청년의 얼굴에 실망의 기운이 살짝 어렸다가 사라지는 것을 보며 나는 말했다.

"이렇게 말한다고 해서 내가 야박하게 구는 건 아닌 것 같은데, 안 그래요?"

"네, 죄송합니다."

"죄송하다면 도대체 무슨 영문인지 자세히 들려주면 될 텐데요."

그는 아무 말도 없었다. 하지 않는 게 아니라 못 하는 듯했다. 아래로 약간 내리깐 그의 눈이 이리저리 빠르게 움직이고 있었다.

"좋아요, 그럼 내가 몇 가지 좀 물어볼 테니 정직하게 대답해주겠어요?"

내 말에 그는 입술에 힘을 주며 한곳에 눈길을 고정시키더니,

다시 나를 마주 보면서 활짝 웃었다.

"저는 선생님이 따져묻지 않으셨으면 좋겠어요."

"왜요?"

"일단 내일 오시면 다 알게 되지 않을까 싶어서요."

"그렇게 말하니까 더 궁금해지는데요?"

"사실은 저도 잘 모르거든요. 그래서 그냥 내일 오셔서 모든 것을 한꺼번에 알게 되시는 게 더 좋지 않을까 싶어요."

"혹시 나를 골탕먹이려는 어떤 시나리오가 준비되어 있다든지……"

내가 웃으며 말하자 그가 급하게 내 말을 잘랐다.

"그런 건 없으니까 걱정하지 마시구요."

"그래요?"

"네."

우리는 조금 더 대화를 주고받았다. 그러나 나는 그의 신상에 대해서는 아무것도 묻지 않았다. 어떤 사람들이 어떤 목적으로 여는 콘서트인지, 하필이면 왜 포크송인지도 묻지 않았다. 한번 찾아가보자는 쪽으로 마음이 움직이고 있었기 때문이었다. 가지 않는다면 모르겠지만, 기왕 가기로 한 거라면 초청하는 상대가 원하는 방식대로 응해주는 게 좋을 것 같았다. 그게 옳다는 게 아니라 그게 더 재미있을 것 같았다.

다음날 저녁 나는 버스를 타고 대학로로 나갔다. 거리에는 이미 어둠이 내려 있었다. 두 개의 횡단보도를 건너 청년이 이정표 삼으라고 일러준 간판을 확인하며 목적지에 닿았다. 주택가 골목을 한참 들어간 곳에 자리잡은 '편지'라는 이름의 카페였다. 검은 글자와 전화번호만이 적힌 하얀 아크릴 간판이 빛을 내뿜고 있었다.

나는 지하로 통하는 계단 입구로 다가갔다. 바닥에 밤 일곱시부터 아홉시까지 손님을 받지 않는다고 적힌 종이가 붙어 있었다. 나는 골목 안쪽으로 조금 더 들어간 곳에서 연결되는 반대편 소방도로 입구로 나가 심호흡을 하며 주위를 둘러보았다. 근처에 앰뷸런스 한 대가 세워져 있었다. 누군가 저 차를 타고 데이트를 하러 왔을까, 라는 생각에 웃음이 나왔다.

나는 '편지'로 돌아가서 계단을 내려갔다. 그리고 상아색 문을 밀고 안으로 들어서니 김수영이 기다렸다는 듯이 다가와 인사를 했다. 다시 보니 반가웠다. 청바지에 자주색 스웨터를 입은 그는 안 오는 줄 알았다면서 왼편 구석진 자리의 탁자로 나를 안내했다. 탁자에는 맥주와 마른안주와 과일이 차려져 있었다. 미리 준비해놓은 듯했다.

크지도 작지도 않은 카페였다. 오른편 안쪽에 작은 무대가 마련되어 있었는데, 두 명의 여자와 한 명의 남자가 기타를 튜닝하고 있었다. 김수영은 몹시 서둘렀다. 그는 시간 여유가 많지 않다면서 양해를 구하고 그들과 합류했다. 행사를 알려주는 포스터나 현수막 같은 것은 하나도 없었다.

나는 습관적으로 실내를 찬찬히 살펴보았다. 무대 위의 네 사람과 나를 포함해서 카페에는 정확하게 열아홉 명이 있었다. 내 또래로 보이는 여자들 세 명 외에는 모두 김수영 또래의 젊은 남녀들이었다. 분홍빛 바지와 상의 위에 검은 스웨터를 걸친 간호사의 뒷모습이 보였다. 앰뷸런스가 떠오르면서 어쩐지 아귀가 맞지 않는 퍼즐을 마주한 듯한 기분이 들었다.

이른바 '무명작가'인 나를 알아보고 눈길을 보내는 사람은 아무도 없었다. 적어도 나는 의식하지 못했다. 나는 김수영이 따라 놓고 간 맥주를 마셨다. 그리고 잔을 내려놓으며 스무번째 사람을 새로 발견했다. 그녀는 간호사의 몸에 가려져 잘 보이지 않았는데, 간호사가 옆으로 몸을 기울이자 뒷모습이 보였다. 그녀는 휠체어에 거의 파묻혀 있었다. 그 낯선 영상이 내 속에 가벼운 불안감을 불러일으켰다.

실내의 조명이 조금 어두워지고 무대 쪽이 밝아지면서 공연이 시작되었다. 인상 좋은 김수영이 인사말을 했다. 그는 밝고 노란 조명 속에서 환하게 웃으며 시간을 내준 사람들에게 고마움을 표했다. 그리고 카페를 빌려준 선배와 어깨에 기타를 멘 무대 위의 친구들에게도 고마움을 표했다. 그런 다음 무대에서 가장 먼 곳이라고 해야 할 내 쪽으로 눈길을 돌렸다.

혹시 나를 소개하려는 것일까? 나는 긴장하며 어깨를 움찔거렸다. 그러나 김수영은 잠자코 시간을 끌었다. 무슨 영문인지 그는 머뭇거리고 있었다. 그가 시선을 거두며 다시 활짝 웃었다. 그리고 연주를 시작하겠다고 선언했다. 나는 까닭 없이 안도의 한숨을 내쉬며 꼿꼿이 세웠던 등을 구부려 의자에 파묻었다.

공연은 이렇게 진행되었다. 먼저 김수영과 한 여자가 화음을 넣은 노래를 불렀고, 나머지 두 사람이 근사하게 기타 반주를 했다. 노래도 반주도 들어줄 만했다. 두 사람의 노래에 이어 넷이서 부르기도 하고 여자 둘이서 부르기도 하는 등, 팀을 다양하게 구성해가면서 다섯 곡을 연달아 불렀다. 모두 피터, 폴 앤 메리의 노래였다. 아름다운 화음과 박수가 지하공간을 가득 채웠다.

김수영이 마이크를 잡았다.

"고맙습니다. 이제 특별한 노래 한 곡을 연주할 텐데요, 이 노래는 오늘 이 음악회의 주인공이 만든 것입니다. 일단 노래를 들려드린 다음 주인공을 소개하겠습니다. 제목은 〈무지개〉입니다."

주인공이 궁금했다. 그래서 박수 치는 사람들의 눈길을 받고 있는 자가 누군지 살펴보았지만 모두들 무대 쪽을 쳐다보고 있었다. 세 사람이 반주를 했고, 짧은 머리의, 크고 하얀 바둑돌 같은 귀고리를 단 눈이 큰 여자가 노래를 불렀다.

기타의 전주가 가을바람처럼 가슴속으로 파고들었다. 나는 눈을 감고 그 화음에 몸과 마음을 맡겼다. 전주에 이어서 여자의 앳된 목소리가 흘러나왔다. 특별히 가슴을 때리지는 않았지만 처음 듣는데도 익숙하고 편안한 선율이었다. 그런데 어쩐지 노랫말이 귀에 익었다. 조금 뒤 내 몸의 바깥 어디에선가 잔잔한 파문이 일었다. 그 물결은 순식간에 몸 안으로 들어와 나를 깜짝 놀라게 했다. 그 노랫말은 대학 시절 내가 정체불명의 여자, 박은영에게 주기 위해 엽서에 끼적인 바로 그 낙서였다.

나는 움찔하면서 눈을 뜨려고 했다. 하지만 눈을 뜰 수가 없었다. 눈을 뜨면 이상한 일이 코앞에서 기다리고 있을 것만 같았다. 음악이 계속되었으나 나는 나 자신에게민 정신을 쏟고 있었다. 김수영이 전화했을 때부터 되짚어보았다. 혹시 내가 어떤 착오를 일으킨 건 아닐까? 하지만 어떤 착오를? 기억을 더듬어 재빨리 앞뒤로 오가면서 나는 그 두 문장만 반복해서 중얼거렸다.

어느 순간 조그맣게 웅얼거리는 소리가 들려왔다. 그리고 기타의 화음이 깨지더니 노랫소리가 멈췄다. 가벼운 전율이 왔다. 뭔가 일이 터졌구나 싶었다. 우당탕 소리가 났다. 나는 눈을 떴다. 김수영이 무대에 기타를 내던지듯 내려놓고 있었다. 그는 급하게 아래로 내려가서는 의자에서 일어선 간호사에 가려 보이지 않는 휠체어 쪽으로 달려갔다. 육칠 미터쯤 되는 거리를,

그는 전력을 다해 돌진했다. 여자에게 이상이 생긴 모양이었다. 남자 한 명이 밖으로 뛰어나갔고, 어떤 여자가 목소리를 낮춰서 외쳤다.

"불 켜요!"

스위치를 올리는 탁탁 소리가 연이어 들리면서 실내의 조명이 밝아졌다. 그사이에 여러 사람들이 에워싸듯이 휠체어 주위에 서 있었다. 그러나 아무도 큰 소리로 떠들지는 않았다. 마치 훈련받은 사람들처럼 조용히 있었다. 곧 사람들의 둥근 벽이 열리면서 의자 높이만큼 허공에 떠 있는 휠체어가 보였다. 세 명의 청년이 그것을 들고 있었다. 나는 바쁘게 이리저리 눈길을 돌렸다. 휠체어를 탄 여자는 산소마스크를 덮어쓰고 있었다. 간호사가 바짝 붙어서 있었으며, 김수영은 얼굴이 창백했다. 누군가 출입문을 활짝 열었고, 휠체어는 불과 몇 초 사이에 밖으로 사라졌다.

정적이 감돌았다. 사람들이 하나둘 밖으로 나가는가 싶더니 카페에는 나 외에 네 사람만 남아 있었다. 아무도 나에게 말을 걸지 않았다. 나는 술을 마시며 휠체어를 탄 여자를 생각했다. 사진처럼 정지된 장면들이 하나씩 떠올랐다. 골목에 대기중인 앰뷸런스…… 여자 곁에 붙어선 간호사…… 기타를 내던지듯 내려놓고 여자에게로 내달리는 김수영…… 그렇다면…… 그 여자가 김수영이 말한 오늘밤의 주인공일 것이다.

사이렌 소리가 들려왔다. 벽 너머에서 갑자기 들려오는 아기 울음소리 같았다. 소리는 순식간에 조그맣게 멀어졌다. 조금 뒤 사람들이 하나둘 카페 안으로 들어왔다. 나는 남은 맥주 한 병을 재빨리 비우고 카페를 빠져나왔다. 입구의 안내문은 치워지고 없었다. 청년도, 콘서트도, 휠체어를 탄 여자도, 카페에 모였던 사람들도 모두 다 환영 같았다.

하지만 그건 환영이 아니었다. 나는 하얀 귀고리를 단 눈이 큰 여자가 부르다 멈춘 노래의 가사를 다 알고 있었다. 노래의 선율은 한 소절도 되살릴 수 없었지만, 가사도 그녀가 중단할 때까지밖에 듣지 못했지만, 나는 전체를 다 알고 있었다. 내가 쓴 그 낙서를 처음부터 끝까지 또렷이 기억하고 있는데, 이렇게 그것이 환영일 수 있겠는가.

    나는 가지고 싶은 게 많아
    칠인용 자전거와 그림 같은 작은 집
    그리고 시들지 않는 장미
    나는 늘 여행도 하고 싶어
    오늘은 시베리아로 내일은 아프리카로
    나는 또 언제나 꿈꾸지
    너무도 평화로워서 따분한 세상을
    그러나 지금은 아니어도 좋아

칠인용 자전거도 그림 같은 작은 집도
시들지 않는 장미도 시베리아도
아프리카도 너무나 평화로워서 따분한 세상도
나는 언제나 꿈꿀 수 있으니까

앰불런스가 있었던 골목 안쪽 소방도로 어귀에 남자 하나와 여자 두 명이 서 있었다. 나에게 뒷모습을 보이고 있는 여자는 김수영과 함께 기타를 치며 노래를 불렀던 여자 같았다. 나는 그녀에게 다가가려다 멈췄다. 그녀가 휴대폰을 꺼내 통화를 시작했기 때문이었다. 나머지 두 명은 잠자코 여자의 얼굴을 쳐다보고 있었다. 통화를 끝낸 여자가 두 명에게 뭐라고 말했고, 그들은 서둘러 골목을 빠져나갔다. 나는 어둠 속에서 한참을 서 있다가 발길을 돌렸다.

그날 밤 나는 막걸리를 마셨다. 친하게 지내는 극작가 이나무가 막걸리를 사들고 나를 찾아왔기 때문에 나는 그저 잔을 들어서 입으로 가져가기만 하면 되었다. 콘서트에 가보기로 했으므로 전날 밤에는 마시지 않았다. 그는 어리둥절해져 있는 내 머리를 막걸리 동이에 푹 빠뜨렸다. 그는 내가 현미유를 두르고 노릇노릇하게 구운 두부를 간장에 찍어서 맛있게 먹었다. 아무래도 그걸 먹으려고 나를 찾아온 것 같았다.

내가 알고 있는 대한민국 유일의 센티멘털 블랙코미디 극작가인 이나무는 이따금씩 내게 유쾌한 선물을 주는 사람이다. 언젠가 한번은 주말 오후에 전화가 왔다. 휴대폰에 찍힌 번호를 보니 그였다. 그러나 여보세요, 라고 몇 번을 말해도 대꾸가 없었다. 대신 어떤 여자의 감정이 잔뜩 들어간 목소리가 들려오기 시작했다. 나는 바로 알아차렸다. 그가 공연 연습중에 내게 전화를 한 것이었다. 그 여배우가 읊어대는 대사를 들어보라고 말이다. 애석하게도 그 신파조의 긴 대사는 모두 잊어버렸지만 그 배우가 매혹적인 목소리로 열 번 이상 내 귀에 속삭인 '사랑해요'라는 소리만은 지금도 또렷이 기억하고 있다. 사 분 뒤에 아무 말도 없이 전화가 끊어졌다. 이런 사람에게 내가 왜 두부를 구워주지 못하겠는가.

나는 그의 작품 『그 여자의 이야고』를 좋아한다. 그 작품에는 이런 대사가 있다.

"이유 없이 웃었던 내 청춘을, 나는 지금 울면서 회상하고 있어요."

그의 청춘도 나의 청춘도 결코 이유 없는 웃음이 아니었지만, 나는 그가 말하려 한 것에 백 번 공감한다. 적어도 청춘은 꿈을 가지고 있으며, 그렇기에 그 시절이 실제로는 잿빛 풍경이었다 하더라도 지금에 비하면 웃음처럼 활짝 핀 꽃동산이 아니겠는가.

"자, 이제 거울 속의 그대를 보라. 얼마나 멀리 와 있는지, 얼마나 타락했는지 똑똑히 보라. 그리고 아파하라, 꿈을 잃어버린 그대의 눈이 아직 볼 수 있음에 감사하면서."

현미유를 두르고 노릇노릇하게 구운 두부를 놓고 마시는 이 막걸리도, 내일 아침이면 그와 나의 골을 아프게 할 것이다.

열두시가 막 넘었을 때 김수영에게서 전화가 왔다. 나는 예의 바른 그가 전화해주리라고 생각하고 있었다. 그는 늦은 시각에 전화를 해서, 또 늦게서야 전화를 해서 죄송하다고 말했다. 그리고 또 한번 죄송하다고 말했는데, 그건 카페 '편지'에서 발생한 예기치 못한 일에 대해서 하는 말이었다.
"죄송합니다, 선생님. 많이 놀라셨죠?"
"글쎄, 제대로 아는 게 없어서 마음껏 놀라지도 못하겠던데요."

술기운에 머리가 왕왕 울렸다. 그러나 목소리는 부드럽고 자연스럽게 흘러나왔다. 물론 내가 듣기에 그랬다는 말이다.
"죄송합니다. 일이 이렇게 될 줄은 정말 몰랐어요. 가까운 시일 안에 다시 전화드릴게요. 죄송합니다."
"죄송하다는 말은 그만 하고, 무슨 일인지 조금이라도 알려주지 그래요?"
"저도 그러고 싶은데요, 어디서부터 말씀을 드려야 할지 알 수가 없어서······"

"그럼 내가 물을 테니 몇 가지만 대답해주세요."
"네."
나는 짐작하고 있던 바를 하나하나 확인해들어갔다.
"앰뷸런스에 실려간 사람은 누구죠?"
"제 어머니입니다."
"혹시 내가 아는 분인가요?"
"예, 어쩌면요."
"어쩌면, 이라뇨?"
"어머니께서 선생님을 초청해달라고 하셨거든요."
그러니까 김수영은 그 여자와 나의 관계를 모르고 있었다. 하지만 나는 아는가. 그 여자와 나는 도대체 무슨 관계인가. 아니, 나에게 그 여자는 무엇인가. 내 청춘의 꿈이었던가, 미성숙한 나의 무지개였던가.
"다른 말은 없었고요?"
"네. 준비하는 내내 아무 말이 없다가 공연 하루 전날에야 그 얘기를 하셔서 사실은 저도 궁금했어요."
"어머니 이름이 어떻게 되죠?"
"박은영이라고 합니다."
그럴 것이라고 백 퍼센트 확신하고 있었으면서도 나는 잠시 입을 열지 못했다.
"박은영…… 그렇군요."

"선생님도 어머니를 아세요?"

"예, 알지요. 하지만 제대로 알진 못합니다. 이상하게 들리죠?"

"네."

"하지만 사실이 그래요. 오늘밤엔 모든 게 이상하지만."

"정말 이렇게 될 줄은 전혀 예상하지 못했어요."

"카페에서 부른 노래 말인데요, 갑자기 중단된. 제목이 '무지개'라고 했죠?"

"네."

"그 노래는 누가 만든 거죠?"

"어머니가 꼭 불러달라면서 준 곡인데요. 왜요, 선생님?"

궁금한 것들이 너무 많았지만 나는 일단 그 대목에서 마무리하기로 했다.

"가사가 귀에 익어서요. 어쨌든 우린 다시 만나야 할 것 같네요."

"네, 저도 그러고 싶어요. 곧 연락드리겠습니다."

"어디가 안 좋으신지 모르겠지만 어머니 잘 간호하세요."

"네, 고맙습니다, 선생님."

"오늘 연주는 아주 좋았어요. 미완성으로 끝나고 말았지만."

"고맙습니다, 선생님. 그럼, 안녕히 계세요."

통화를 끝내기가 무섭게, 조용히 우리의 대화를 엿듣고 있던 이나무 선수가 무슨 일이냐고 물었다. 나는 비밀을 가지고 있는 사람 특유의 바보 같은 작은 우월감을 즐기면서 그가 창조한 문장 한 구절을 대답으로 들려주었다.

"인용 시작. 우리가 천사라면 얼마나 재미없을까. 청춘도, 성숙도, 타락도, 죽음도 모르니 바보가 아닌가. 인용 끝. 출전, 포스트모던 개들."

그런 다음 우리는 계속 막걸리를 마셨고, 나는 술과 감상에 푹 젖어서 급기야 그에게 헛소리를 하고 말았다. 나는 가지고 싶은 게 많아, 라고 시작되는 낙서를 쭉 읊고 나서, 여기에 기가 막힌 곡을 붙여—속으로는 김수영과 그의 친구들이 부르다 중단한 〈무지개〉를 생각하며—팔아먹자고 했던 것이다. 나는 내가 구운 두부를 맛있게 먹은 그가 이렇게 말했던 것을 또렷이 기억하고 있다.

"야, 쓸데없는 생각하지 말고 소설이나 써!"

그날 밤 나는 순도 백 퍼센트의 센티멘털 인간이었다. 과연, 나는 쓸데없는 생각이 너무 많았다. 다시 청춘 시절로 돌아간 것 같았다. 피트 시거와 밥 딜런 그리고 피터, 폴 앤 메리처럼 노래를 만들 줄 알고 잘 부를 줄 아는 선수들이 정말 부러웠다. 가슴을 치는 노래라면, 단 하나로도 최소한 백 개의 이야기를 감당할 수 있다고, 평소에는 결코 하지 않던 말을 그에게 하고 말았다. 때로 깊은 밤 술에 취해 이상한 사람이 되었다가도 자고 나면 원래대로 돌아오니 얼마나 다행인지 모르겠다. 이 자리를 빌려 그날 밤 했던 말들을 공식적으로 취소한다.

5

 나는 12월 초에야 김수영을 다시 만날 수 있었다. 그는 내가 전혀 예상하지 못한 소식을 들고 왔다. 보름 전에 어머니의 장례식을 치렀다고 했다. 사인은 폐암이었다. 한창 햇볕이 따스한 오후였다. 전화한 그는 춥지 않으니 신촌의 대학 캠퍼스에서 만나자고 했고, 나는 대강당 앞 벤치에 앉아서 그의 얘기를 들었다.
 "죄송합니다, 이런 소식을 전해서."
 나는 무슨 말을 해야 할지 알 수가 없었다. 상심이 크겠다는, 상당한 마음의 무게를 실었다 해도 그지없이 상투적인 위로의 말을 하고, 내가 받은 이상한 좌절감과 충격까지 담아낼 수 있는 나만의 문장을 찾고 있는데, 그가 먼저 만나줘서 고맙다고 했다.

김수영은 여전히 밝은 얼굴이었다. 그러나 핼쑥했으며, 이전에 없었던 성숙해 보이는 빈자리가 느껴졌다. 그는 가방에서 작은 생수 두 통과 통밀비스킷을 꺼냈다. 그리고 나에게 생수 하나를 주고 비스킷을 권했다. 그의 내면이 평화로워 보였기 때문에, 나는 마음의 평정을 유지할 수 있었다.

"작년 봄이었어요."

그가 차분하게 말을 이어갔다.

"기침이 멎지 않아서 검사를 했더니 폐암 말기라고 했어요. 어머니도 처음부터 아셨어요. 처음엔 숨기려 했는데, 생각해보니 나중에 알게 되면 화를 내실 게 뻔해서 알려드렸어요. 어머닌 그런 분이거든요. 어머니가 운영하던 조그만 꽃집에서였어요. 한낮이어서 햇볕이 정말 따스했어요. 어머니는 멍한 표정으로 가만히 있더니 나를 보고 웃으셨어요.

열심히 치료를 했어요. 쭉 해오던 생활도 변함없었고요. 전혀 환자처럼 보이지 않았죠. 기침을 자주 한다는 것만 빼면요. 하지만 두어 달 지나고 나자 하루가 다르게 쇠약해지시더군요. 저는 몰랐는데 폐암이 그렇다고 해요. 특히 말기의 경우에는요.

어머니는 결국 올해 봄에 입원을 했어요. 처음엔 싫다고 하시더니 그게 편하겠다면서 그렇게 하셨어요. 비용 걱정을 하셨던 것 같아요. 어쨌든 그렇게 마지막이 다가오고 있었어요. 여름이 끝나갈 무렵 의사가 말하더군요. 이제부터는 언제 갑자기 떠나시게 될지 모르니 늘 준비하고 있으라고요. 어머니한테도 얘기해드렸어요.

그러고서 작별을 준비했어요. 어머니가 늘 가까이한 피터, 폴 앤 메리의 노래들과 어머니가 직접 만든 몇 곡으로 어머니를 위한 콘서트를 열기로 했죠. 어머니도 좋아하셨어요. 그런데 예정일이 다가오면서 건강이 눈에 띄게 악화되었어요. 어쩔 수 없이 촬영을 해서 보여드리기로 했죠. 하지만 어머니께서 꼭 직접 보고 싶다고 하시더군요.

그런데 공연 하루 전에 어머니가 선생님 얘기를 하셨어요. 꼭 찾아서 데려오라고요. 소설가이시니까 쉽게 찾을 수 있을 거라면서. 어떤 사이세요, 라고 묻자 웃으면서 그냥 일단 초청하라고만 했어요. 끝나고 두 분이 말씀을 나눌 수도 있었을 텐데 그만……"

시험기간이라 캠퍼스는 한산했다. 강당 앞 넓은 아스팔트 광장 위로 햇살이 떨어지고 있었다. 아무래도 겨울이 아니라 동작 느린 겨울의 끝자락이 조금 남아 있는 이른 봄날 같았다. 김수영은 생수를 마시고 나서 비스킷을 하나 씹어먹었다. 이제 서로의 궁금증을 해소하기 위해 우리가 대화를 나누어야 할 때였다.

"왜 나를 그곳에 불렀답니까?"

내가 물었다.

"고맙고 미안해서, 라고 했어요."

그가 대답했다. 그 여자가 나에게 고마운 건 무엇이고, 미안한 건 또 무엇일까.

"나와 어떤 사이인지, 아니, 사이라고 하는 것도 이상하지만 하여간 그런 건 들었어요?"

"네. 공연이 있던 날 상태가 아주 나빠져서 그대로 돌아가시는 줄 알았는데 사흘 뒤에 회복되셨어요. 그리고 며칠간 많은 얘기를 들었어요. 선생님 얘기도 그때 들었어요. 이 대학 음악감상실에서 처음 만났다고요?"

김수영은 기대감에 잔뜩 부푼 얼굴로 웃고 있었다. 나는 고개를 끄덕여주었다. 그리고 생수를 마시고 비스킷 하나를 씹어먹었다.

"낮잠을 자고 있었다고 하던데요?"

그가 다시 물었다.

"예, 그랬어요. 음악감상실에서 종종 낮잠을 자곤 했죠. 물론 클래식 음악을 좋아하기도 했지만. 그런데 그날은 열정적인 상상에 몰두했더니 특별히 더 피곤했어요."

"열정적인 상상요?"

그의 눈이 호기심으로 반짝였다. 나는 소리를 내어 조금 웃었다. 그리고 포르노-플라토닉 러브라고 내가 명명한 그 일을 어떻게 얘기해야 할지, 얼마 전에 어머니를 잃은 사람 앞에서 실례되는 얘기가 아닐지, 잠시 생각했다. 그때 그가 나를 홀가분하게 해주었다.

"어머니도 낮잠을 잤다고 했어요."

"어, 그래요?"

"선생님께 그렇게 전해달라고 하셨어요."

"아, 마침내 이실직고를 했군요."

"무슨 뜻이에요?"

나는 편한 마음으로 그 얘기를 들려주었다. 처음으로 『플레이보이』를 보며 열광했던 것과, 빨간 물방울무늬 연분홍 원피스를 입은 박은영을 보고 첫눈에 반했던 것, 그리고 이상하게 일이 자꾸만 꼬여서 사타구니를 걷어채고 작별했으며, 다시 만나게 되었으나 짭새들 때문에 또 작별하게 되었고, 십 년 뒤에 전쟁터 같은 거리에서 또다시 만났다는 것까지.

김수영은 즐거워했다. 그는 초롱초롱 눈을 빛내며 내 입에서 흘러나오는 단어 하나하나를 모두 빨아들이려는 듯 집중했다. 그는 마치 어둠에 묻혀 있던 자신의 역사를 발굴하는 사람과 같은 열의를 보였다. 알고 보니 그는 실제로 그런 어둠을 가지고 있는 사람이었다.

"장례식 땐 왜 연락하지 않았어요?"

내가 물었다.

"어머니가 가족끼리만 하라고 하셨어요."

그가 대답했다.

"가족은 어떻게 되죠?"

"두 사람뿐이었어요. 어머니하고 저. 이젠 저 혼자구요."

그가 말했다.

"아버지는……?"

"저는…… 아버지를 몰라요."

그는 환하게 웃었다.

이것은 김수영한테서 들은 것인데, 어떤 사람들에게는 다소 진부한 이야기로 받아들여질지도 모르겠다. 그러니까 어디서 한 번쯤 들어본 듯한 70년대풍의 촌스러운 이야기로 말이다. 하지만 나는 그녀가 낯설고 괴이한 사연의 주인공이 아니라, 그야말로 언젠가 어디선가 한 번쯤은 들어본 듯한 사연의 주인공이라는 사실에 크게 안도했다.

청년의 어머니 박은영은 친인척이 거의 없는 가난한 집안의 둘째딸이었다고 한다. 안타깝게도 부모님마저 일찍 돌아가셨으나, 다행히 다섯 살 위의 언니가 일찍 결혼을 했고 또 형부가 너그러운 사람이라 그의 도움으로 무난히 고등학교를 마칠 수 있었다. 그러나 대학 진학은 포기해야 했다.

그런 환경에서도 박은영은 등불 하나를 가지고 있었다. 그것은 중학생 때 형부가 사준 기타와 어느 날 우연히 알게 된 피터, 폴 앤 메리의 노래들이었다. 고등학교를 마친 그녀는 형부가 소개해준 꽃집에서 일을 하는 틈틈이 기타를 치며 노래를 불렀다. 스스로 노랫말을 만들고 곡을 붙이기도 했다.

고등학교를 졸업한 이듬해 봄, 그녀는 수색에 작은 방 한 칸을 얻었다. 일하는 꽃집이 연희동에 있어서 언니 내외 집에서 다니기가 힘들었기 때문이었다. 그녀는 처음엔 대학 캠퍼스에 들어가지 않았다. 대학생활에 대한 동경이 새삼 생겨나서 울적했기 때문이었다. 그녀는 꽃을 사러 오는 여대생들한테 부러 쌀쌀맞게 대하기도 했다.

그녀는 여름방학 때 처음으로 연희동 골목길을 걷다 대학 후문을 통해 캠퍼스에 발을 들여놓았다. 녹음이 우거진 텅 빈 풍경이 너무 마음에 들었다. 나무그늘 아래 띄엄띄엄 보이는 학생들의 모습이 부럽기만 했다. 어느 일요일 오후, 사람들의 왕래가 없는 구석진 나무그늘에서 그녀는 처음으로 기타를 치며 조용히 노래를 불렀다.

그러다가 한 남자를 만났다. 여름이 끝나갈 무렵이었다. 그는 미남인데다 친절한 사람이었다. 그 청년은 친구들과 함께 유신 반대 유인물을 제작하다가 발각되어 도피중인 지방 출신의 대학생이었다. 함께했던 친구들은 모두 잡혀갔고, 그 청년만 도망칠 수 있었다. 등잔 밑이 어둡다고, 그는 대학 주변이 오히려 안전하다고 말했다. 그렇게 두 사람의 사랑이 시작되었다.

청년은 박은영의 자취방에 와서 며칠씩 묵곤 했다. 그는 빙그레 웃는 모습이 매력적이었는데 얼굴에 어린 약한 봄바람 같은 수심이 그 매력을 한층 돋보이게 했다. 그는 별로 말이 없었으며, 늘 삼중당 문고를 읽고 있었다. 바람처럼 사라졌다가, 예고도 없이 어느 날 밤 다시 나타나곤 했다. 박은영은 그를 위해서 밥을 지었고, 노래를 불러주었다. 가을과 겨울이 그렇게 지나갔다. 꿈처럼 찾아와서 꿈처럼 흘러간 두 계절이었다.

그녀는 행복했다. 다시 봄이 왔을 때 남자는 어느 날 외국 브랜드의 적포도주 두 병과 여러 가지 싸구려 과자를 잔뜩 들고 왔다. 파티를 하자고 그가 말했다. 그들은 포도주를 마시며 스무 가지가 넘는 과자들을 하나씩 맛보았다. 그는 때가 되면 함께 여행을 떠나자고 했다. 그러더니 점점 말이 없어지며 침울해졌다. 박은영은 그를 위로해주기 위해 기타를 치면서 노래를 불렀다. 세번째 노래를 부르고 있을 때 그가 잠이 들었다. 박은영은 잠든 남자의 얼굴을 바라보면서 오랫동안 노래를 불렀다.

캠퍼스 곳곳에 꽃이 피기 시작했다. 그녀는 아이를 가졌다는 것을 알게 되었다. 그때 남자는 어디론가 떠난 지 일주일째였다. 그녀는 불안했다. 그러나 그것은 미혼의 몸으로 임신한 데 대한 불안이었지, 남자가 곁에 없다는 것에 대한 불안은 아니었다. 적어도 보름 동안은 아니었다. 오히려 그가 돌아오면 어떤 식으로 그 사실을 알릴까 여러 가지로 상상하면서 즐거워하곤 했다.

그러나 남자는 나타나지 않았다. 그녀는 서서히 그 사람에 대해 불안해지기 시작했다. 처음엔 그가 잡혀간 게 아닐까 생각했다. 그는 차라리 감옥에서 친구들과 함께 있는 게 맘 편하겠다고 말하곤 했었다. 한 달이 지난 뒤 그녀는 그에게서 들었던 몇 가지 정보를 가지고 그를 찾아나섰다. 하지만 그를 알고 있는 사람은 단 한 명도 만날 수 없었다. 그녀는 절망하기 시작했다.

이제 남자가 임신 사실을 알고 떠난 게 아닐까 의심이 들었다. 그러나 그녀는 그 사실을 말한 적이 없었다. 아니, 그녀 자신도 임신했다는 것을 알지 못했다. 절망과 희망이 그녀의 마음을 차지하려고 싸웠다. 한가한 시간에 조용히 꽃을 정리하거나 밤에 잠들기 위해 텅 빈 방에 홀로 누워 있을 때, 그녀는 자신도 모르게 탄식을 내뱉거나 눈물을 흘렸다.

어느 날, 그녀는 종로의 지하다방에서 그와 함께 딱 한 번, 아주 잠깐 동석했던 남자를 만났다. 일주일 내내 밤마다 그 다방을 찾아간 결과였다. 장발이 유행하던 그 시절 눈에 띄게 머리가 짧았던 그는 그녀를 피하려고 했다. 그녀는 밖으로 나가려는 그를 막아섰다. 그녀는 남자의 이름을 대면서 최근에 본 적이 없느냐고 물었다. 머리가 짧은 남자는 그의 이름을 낯설어하는 듯했다. 그녀가 혹시 잡혀갔느냐고 묻자, 남자는 그럴지도 모른다고 하고는 눈길을 피했다. 남자는 잊어버리는 게 좋을 거라는 말만 남기고 황급히 다방을 빠져나갔다.

"그 사람이 제 아버지죠. 법적으로는 이모부 내외의 아들로 되어 있지만요."

김수영이 말했다. 길게 얘기하느라 목이 말랐던지 생수를 꿀꺽꿀꺽 마셨다.

가슴이 아련했다. '오르페우스'에서 흐느껴 울던 그 장면이 또렷이 떠올랐다. 그녀는 그 남자를 생각하며 울었을 것이다. 운명적으로 만나서 꿈같은 사랑을 하고 사라져버린, 그 미남이고 과묵하고 늘 삼중당 문고를 읽고 있고 얼굴에 부드러운 봄바람 같은 수심이 어려 있었던 청년을 생각하면서, 그녀는 울었을 것이다.

나는 그 젊은 남자가 나한테 대학을 졸업했다고 살짝 거짓말을 한 꽃집의 아가씨, 박은영에게 무슨 얘기를 했을지 궁금했다. 나는 그녀의 작은 자취방에 숨어서 밤낮을 보내던 그가 갑자기 어디로 사라졌다가 며칠 뒤 늦은 밤 살며시 나타나는 모습을 상상해보았다. 방문을 열고 그가 나타나면 그녀는 기뻐서 가슴이 터질 것 같았으리라. 그리고 이불을 깔고 나란히 누워 천장의 반복되는 네모꼴무늬를 바라보면서 얘기를 나누다가 옷을 벗고……

"결국 그 남자는 못 만난 건가요?"
내가 묻자 그가 대답했다.
"네, 다시는 못 봤다고 했어요."

나는 그를 데리고 학생회관으로 갔다. 내부는 완전히 변해 있었다. 일층에 있던 서점은 지하로 내려갔고, 기도실도 음악감상실도 '옹달샘'도 없었다. 아무것도 없었다. 나는 김수영에게 그 공간들이 있었던 자리만 가르쳐주었다. 건물의 뼈대는 바뀌지 않아서 그나마 그렇게 할 수 있었다. 몇 년 지나면 이 건물 자체가 사라지지 않을까, 라는 생각에 가벼운 분노를 느꼈다. 언제든 때려부술 준비가 되어 있는 빌어먹을 이류 건설족들의 나라가 아닌가.

우리는 아래로 내려와 학생식당에서 조금 이른 저녁을 먹었다. 값싼 된장찌개가 맛있었다. 김수영도 맛있게 먹었다. 나는 그에게 무슨 일을 하고 있느냐고 물어보았다. 그는 고등학교를 마치고 군대를 다녀온 뒤 어머니의 꽃집을 도왔으며, 지금은 여자친구와 작은 승합차로 이동꽃집을 하고 있다고 했다. 어머니가 오랫동안 운영한 혜화동의 꽃집은 어머니의 치료비를 위해서 팔았다고 했다.

그는 가끔 경치 좋은 길가에 차를 대놓고 기타를 치면서 노래할 수 있고 수입도 그럭저럭 괜찮다며 웃었다.

"돈이 좀 모이면 결혼을 할 계획입니다."
그가 말했다.
"그 여자친구랑요?"
"네."
"한번 보고 싶은데요?"
"지난번 콘서트 때, 노래를 부르다가 중단됐을 때 바로 그 노래를 불렀던 애예요."
"아, 기억나요. 머리가 짧고 눈이 크고, 하얀 바둑돌 같은 귀고리를 하고 있었고, 맞죠?"
"네, 맞아요."
그는 환하게 웃었다. 내가 그의 기타 실력이 상당하더라고 칭찬하자 그가 말했다.
"어머니 영향이었어요. 어머니가 늘 기타를 치셨거든요. 저는 그저 흉내만 내는 정도로 장난감처럼 가지고 놀았는데, 고1 때였어요. 어느 날 어머니가 좋아하는 노래들의 가사가 무슨 뜻이냐고 가르쳐달라고 했더니 시를 읊듯이 줄줄 늘어놓으시더군요. 그런데 그 내용을 알고 나서 노래를 들으니 눈물이 나오려고 했어요. 그때부터 포크송에 푹 빠졌죠. 친구들과 그룹도 만들었고요. 그날 공연 때 함께했던 친구들이 그때부터 어울렸던 사람들이에요. 여자친구는 나중에 알게 되었고요. 저는 능력이 부족해서 프로는 될 수 없겠지만 아마추어로 평생 노래할 생각이에요."

그는 친구들과 두 달에 한 번씩 무료로 포크송 콘서트를 연다고 했다. 공연을 원하는 카페나 호프집과, 연주가 허용되어 있는 공원이나 거리가 그들의 무대였다. 김수영은 포크송의 아름다운 화음과 생각이 살아 있는 메시지가 좋다고 말했다. 그는 자신도 어머니 못지않게 포크송 예찬자라면서, 한 명 한 명 지지자를 확보해가겠다며 웃었다.

박은영의 십만 명이 그런 식으로 김수영에게 이어지고 있었다. 나는 얼굴의 안면근육이 바깥으로 확장되는 것을 느꼈다. 나도 모르게 빙그레 웃었다는 얘기다.

학생들이 하나둘 식당으로 몰려들고 있었다. 우리는 식기를 반납하고 밖으로 나갔다. 나는 김수영에게 그의 어머니가 사타구니를 걷어차서 내 무릎을 꿇게 만들었던 곳을 알려주었다. 아무런 흔적도 특색도 없는 그저 그런 길가였다. 그래도 그는 만족스런 표정으로 싱글싱글 웃으며 한참을 그곳에 서 있었다.

"어머니도 선생님을 좋아했던 것 같아요."

다시 걸으며 그가 말했다.

"그래요?"

"네."

"어떻게 알아요?"

"어머니가 얘기할 때의 느낌으로요. 하지만 그땐 이미 저를 임신하고 있었으니 어쩔 수 없었겠죠."

"그래도 내가 보기엔 아주 밝고 맑았어요."

"원래 그런 분이었어요. 웬만해서는 어두워지시지 않았죠. 뱃속에서는 제가 자라고 있고, 정체도 확실히 알지 못하는 아버지라는 남자는 잡혀갔는지 도망쳤는지 아니면 처음부터 모든 게 다 거짓말이었는지, 하여간 어느 날 사라져버렸고……, 그런데도 저를 낳았잖아요. 어머니는 저를 포기할 수 없었대요. 그건 자신의 사랑과 꿈을 포기하는 짓인데 어떻게 그럴 수 있었겠느냐고 했어요."

우리 앞으로 아기를 안은 젊은 남자가 걸어오고 있었다. 양복을 입고 넥타이까지 맨 그는 자기 가슴에 온몸을 묻은 아기의 뺨에 자기 뺨을 붙인 채 대학교회 쪽으로 난 소로로 접어들었다. 무슨 이유인지 그가 조그맣게 웃었다. 젊은 아버지인 그가 짜릿한 행복감을 느낄 만한 어떤 행동을 아기가 한 모양이었다.

"아버지를 원망하지는 않아요?"

나는 김수영에게 물어보았다. 그는 즉시, 단호하게 아니라고 대답했다.

"예전엔 그런 마음이 없지 않았지만 지금은 조금도 아니에요. 어머니가 사랑했던 분인걸요."

묵묵히 몇 걸음 걸어가던 그가 말을 이었다.

"어머니는 한 번도 아버지를 비난하지 않았어요. 어머니는 정말로 그 남자를 사랑했다고 말했어요. 자신이 사랑한 사람을 어떻게 욕할 수 있겠어요? 물론 제 입장이라는 것도 있으니까 솔직히 완전히 이해할 수는 없었어요. 이런저런 의심이 들기도 했고요.

제가 제대를 하고 한 달쯤 뒤였어요. 어느 날 저녁, 어머니가 술을 한 상 차려주면서 이런 말을 하셨어요. 그 남자는 어머니의 청춘이 품었던 꿈이고 열정이었다고요. 제가 아버지의 진짜 정체에 대해서 의심하고 있다는 걸 눈치채셨었나봐요. 어머니는 자신이 품었던 그 꿈과 열정이 바로 저의 아버지라고 생각하라고 했어요.

솔직히 그때는 너무 추상적인 말이어서 완전히 공감하진 못했어요. 하지만 시간이 지나니까 알겠더군요. 정작 중요한 건 그 남자의 정체가 실제로 무엇이었느냐, 하는게 아니라는 걸 깨달았던 거죠. 어쩌면 어머니가 받아들인 것과는 전혀 다른 사람이었을 수도 있을 거예요. 하지만 중요한 건 결국 어머니의 마음이고 또 저의 마음이 아니겠어요? 그래서 저도 어머니처럼, 아니 어머니보다 한 걸음 더 나아가서, 어머니가 스무 살이었던 그 시절의 모든 꿈과 열정을 저의 아버지라고 믿기로 했어요."

나는 그의 긍정적인 해석과 의지에 동감했다.

"어머니는 힘들 때마다 이렇게 말했어요."

그가 말을 이었다. 우리는 교문을 나서고 있었다. 나는 그의 말을 기다렸다.

"마음에 못된 놈들이 쳐들어왔어."

"못된 놈들이라고요?"

"네, 그렇게 말했어요. 그러고는 〈gone the rainbow〉 같은 노래들을 불렀어요. 그러면서 말했죠. 이런 노래들이 있는 한 인생은 살 만한 거야. 난 본전을 뽑은 거야."

나는 김수영이 나를 찾아오기 오래 전부터 이미 여러 번 박은영과의 그 파편적인 시간들에 대해서 글을 써보려고 했었다. 매번 잘되지 않아서 그만두었지만, 어쨌든 그 이야기를 완성하게 되면 서두에 써넣을 인용구만은 확실하게 마련해두고 있었다. 그것은 파스칼 키냐르의 어떤 책을 읽다가 메모해둔 한 구절로 다음과 같은 것이다.

"우리는 시시한 수수께끼들이다."

나는 이 문장으로, 정체불명의 그녀가 상징하는 바, 나의 청춘이라는 것과 더 나아가서 어쩌면 인생이라는 것 자체의 텅 빈 미스터리에 대해 야유를 던지고 싶었다. 그러나 김수영을 만나서 궁금했던 사연을 다 알게 되자, 그건 참으로 터무니없는 인용이 되었으리라는 생각이 들었다.

박은영에게 그 남자는 전혀 시시한 수수께끼가 아니었다. 그 남자를 다시는 만나지 못했고, 실제로는 가짜 대학생이었을지도 모르는 그의 정체를 끝내 알지 못했지만, 그와의 시간에 대한 그녀의 믿음은 절대적인 것이었다. 그 순진하고 순수한 꿈과 열정을 어떻게 시시하다고 할 수 있겠는가.

나는 그녀의 그런 자기 믿음이야말로 내가 배워야 할 아름다운 의지가 아닌가, 생각했다. 멜로드라마를 좋아하는 사람이라면 오히려 그녀의 바로 그런 점을 들면서, 70년대풍의 순진한 러브스토리 감으로 딱이군, 이라고 말할지도 모르겠지만 말이다. 안경의 색깔이 바뀌면 사물도 달리 보이는 법이니 어쩔 수 없는 일이다.

학교 앞 '집오리다방'은 사라진 지 오래다. 돈이 되지 않아서 문을 닫는다고 했다. 그리하여 그곳에 어마어마하게 누적되어 있던 시간도 추억도 다 사라져버렸다. 이제 그 자리에는 거대한 '집오리빌딩'이 들어서 있는데, 도대체 돈은 어느 놈이 다 가져가는 것인지 모르겠다.

나는 김수영을, 1987년에 문을 열어 지금껏 거의 변화가 없고, 벽난로가 있는 검소한 장식의 호프집으로 데리고 갔다. 그리고 거품이 넘쳐흐르는 시원한 맥주를 마시면서 귀여운 가짜 대학생 박은영에 대해서 내가 기억하고 있는 모든 것들을 샅샅이 얘기해주었다. 나는 글로 쓰는 이야기라는 것이 가진 미세한 장벽들 때문에, 내가 지금까지 써내려온 이 글에는 미처 담지 못한 많은 것들을 시시콜콜 들려주었다.

김수영은 한복을 입은 우아한 중년 부인이 마담으로 있었던 대학로의 한 다방에서 망치로 하이힐 굽을 뜯어낸 이야기를 들으며 몹시 즐거워했다. 그러나 박은영이 '오르페우스'에서 〈gone the rainbow〉를 부르다가 갑자기 노래를 멈추고 흐느끼기 시작한 것이 "Oh my baby, oh my love, gone the rainbow, gone the dove"라는 대목을 노래하고 난 뒤라고 얘기하자, 그 장면을 상상하는 듯 자기 속을 들여다보는 눈빛이 되더니, 급기야 눈시울을 붉혔다.

"그 다음에 이어지는 가사는 아시죠?"

얼마 뒤 그가 다시 웃으며 말했다. 물론 나는 알고 있었다.

"Your father was my only love……"

김수영은 활활 타오르는 벽난로의 장작불을 한참 동안 들여다보고 있었다. 문득, 그가 기타를 치면서 부르는 〈gone the rainbow〉를 듣고 싶었다. 그러나 그가 꼼짝도 하지 않고 계속 장작불을 보고 있었기 때문에 그 말을 할 수 없었다. 게다가 모든 게 다 좋은 그 집에는 아쉽게도 기타가 없었다. 어쩌면 김수영은 자신의 영혼을 감싸고 도는 그 노란 불길을 바라보면서 이미 마음속으로 그 노래를 부르고 있었는지도 모르겠다.

그를 내버려두고, 나는 나대로 박은영을 생각하기 시작했다.

나는 1987년 6월 혜화동 로터리의 횡단보도를 건넌 그녀가 환하게 웃으며 나를 쳐다보던 그 선명한 그림을 떠올렸다. 그림 속에서 나는 약속한 토요일에 기타를 메고 오라고 외치고 있었고, 그녀는 내가 망치로 두드려서 뜯어낸 하이힐 굽을 쥔 오른손 주먹을 가슴 앞에 들고 아기처럼 흔들고 있었다. 그 그림의 시간 속으로 되돌아갈 수만 있다면 얼마나 좋을까……

헤어지기 전에 김수영이 말했다.
"오늘 정말 고마운 시간이었어요. 선생님께서 뭔가 얘기를 들려주실 거라고 생각했지만 솔직히 이렇게 많은 얘기를 듣게 될 줄은 몰랐어요. 제 빈 속이 꽉 채워진 것 같아요. 정말 고맙습니다."
나는 한 손으로는 그의 손을 잡고 다른 손으로는 그의 등을 두드려주었다. 그리고 해가 바뀌기 며칠 전, 나는 그가 보내준 고마운 선물을 받았다. 그와 친구들이 기타를 치며 부른 노래들을 녹음한 시디와 테이프였다. 거기에는 내가 엽서에 끼적인 낙서에 박은영이 곡을 붙인 바로 그 노래 〈무지개〉와 박은영이 직접 노랫말을 짓고 곡을 붙인 다른 노래들도 몇 곡 들어 있었다.

6

 그때로부터 몇 년이 지났다. 나는 지금도 자주 그 청년을 만난다. 그는 아직 결혼을 하지 않았으며, 여전히 씩씩하고, 밝고, 맑다. 역사와 정치에 어느 정도 거리를 두고 있는 청년이지만, 돈과 숫자놀이와 광고를 숭배하는 순응적인 청춘들과는 달라 보인다. 그는 젊음의 순수한 열정과 삶에 대한 긍정적 의지로 충만한 사람이다. 이런 친구들을 보면 내 마음이 별처럼 맑아진다.
 오늘밤에도 별이 많다. 나는 내가 사는 아파트의 늘 졸면서 웃고 있는 듯 보이는 경비에게 문을 열어달라고 부탁해서 옥상으로 올라갔다. 별들을 보면서 나도 별 하나에 사람 이름을 하나씩 붙여보았다. 박은영, 김수영, 한스 밀러, 조 후버, 고형진,

여행사 '데미안'의 여자, 사라진 '오르페우스'의 조는 곰 털보 아저씨, 그리고 이 글에서 얘기하지 않았지만 내가 알고 있는 많은 이름들과, 박은영의 알 수 없는 그 미남 청년까지……

이런 생각이 든다. 별들이 이토록 많다는 게 얼마나 다행인가. 내가 매일 밤 아파트 옥상이나 더 높은 산정이나 혹은 인적 없는 깜깜한 바닷가에서 죽을 때까지 이름을 붙여준다 하더라도, 여전히 이름 없는 별들이 무궁무진할 테니 얼마나 다행인가. 정말이지 그들이 고맙다.

이 조그만 회상의 기록을 박은영의 아들 김수영씨에게 드린다. 그가 친구들과 함께 이 세상의 소음을 향해 던지는 아름다운 화음과, 그와 나는 물론이고 그 누구도 포기할 수 없는 아름다운 꿈의 노랫말과, 그가 자기 몫으로 가지고 있는 많은 시간과 훗날의 기억과 그의 사랑과 그의 별자리를 위해서…… ■

| 발문 |

'물방울무늬 원피스'의 시절

이혜경(소설가)

'대학생이 지금의 반의반밖에 안 되던' 70년대의 어느 대학, 처음 본 『플레이보이』지의 충격을 감싸안고 음악감상실로 숨어든 신입생이 있다. 하얀 살덩이를 보며 '포르노-플라토닉 러브'의 환상을 키우다 잠들었던 그는 '등장하는 순간에 그녀는 이미 주연배우'인 여자를 만난다. 70년대식 사랑은 그렇게 시작된다.
'빨강 물방울무늬 연분홍 원피스'를 입고 기타를 둘러메었던 그녀, '청색 물방울무늬 하늘색 원피스' 차림으로 다시 한번 나타나 피터, 폴 앤 메리의 노래를 들려주고 홀연 그의 삶에서 사라진 그녀. 해외여행이 자유롭지 않던 80년대, 한국을 찾은 이방인들이 묻혀오는 바람에서 겨우 자유의 냄새를 맡으며 가이드로 일하던 그는 가투에서 우연히 그녀를 만난다. 세번째 만남이다. 밤하늘을 바라보다 떨어지는 별똥별을 본 것처럼, 그들은 이십대에서 삼십대에 걸쳐 단 세 번 만났을 뿐이다. 그러나, 우주의 먼지가 지구의 대기권에 들어와 공기와 마찰하며 빛을 내는 순간, 누군가가 그 순간의 빛에 소망을 담았다면 그 유성은 타버렸다 해도 누군가의 가슴에 영원히 빛을 내는 법이라고,『어디서 무엇이 되어 다시』의 주인공은 말하는 듯하다. '단지 두 번 만났을 뿐이고 그후 그렇게 많은 세월이 흘렀음에도 불구하고' 길거리에서 한눈에 알아볼 수 있을 만큼 각인된 남녀임에랴. 그러나 세번째 만남 역시 유성이 긋고 지나가듯 순간에 그친다.

세월이 흐른 뒤, 처음 만났을 때의 그 남녀만큼 자란 청년이 그를 찾아와 콘서트에 초대한다. 그 콘서트에서 그는, 오래 전 젊은 날에 그녀에게 남긴 엽서의 구절을 음악으로 만난다. 그러나 그 '라스트 콘서트'에서조차 그와 그녀는 엇갈린다. 너무 늦게 알게 되는 것들, 그리하여 어찌해볼 길 없는 것들을 그에게 들려준 사람은 청년이다. 그녀가 〈gone the rainbow〉를 부르며 울 수밖에 없었던 이유, 그의 생에서 자취를 감출 수밖에 없었던 까닭, 그 이야기를 들려주는 자기 자신에 대해. 대학생이 아니면서 대학가를 배회하던 물방울무늬 원피스 여자는 재가 되었지만 기타를 퉁기던 그녀의 열정은 청년에게로 대물림되었으니, 삶은 그렇게 이어지는 것이리라.

역시 70년대에 대학에 들어간 내게, 이 소설은 잊고 지냈던 풍경들을 문득문득 떠올리게 했다. 열심히 모으던 삼중당문고, 피터, 폴 앤 메리의 음악, 60년대 서정인의 『강』에서처럼 "어머, 대학생!"은 아니더라도 여전히 대학생을 선망의 대상으로 여길 수밖에 없던 사람들의 기억, 오빠의 연인이 DJ로 일하던 음악다방, 시위대에 휩쓸렸다 쫓겨들어간 종로 뒷골목 다방에서 본 중년 사내들, 그리고 애인을 두고 군대에 간 남자친구에게 보내주고 싶었던, 그러나 세운상가와 거리가 먼 남녘 도시에서 살고 있었던 까닭에 구할 수 없었던 『플레이보이』지의 추억(물론 나는 그의 애인이 아니었다. 남자들만 득시글대는 군대에 긴 친구에게 그런 책을 보내주겠다는 갸륵한 마음을 낸 '속 깊은 이성친구'였다).

『플레이보이』지의 금발 여인 대신 인터넷을 통해 포르노를 얼마든지 볼 수 있는 이 시대에도, 스치듯 만난 '물방울무늬 원피스' 때문에 세상이 온통 떠도는 물방울무늬로만 보이는 젊음은 있을 것이다. 뒷날, '어디서 무엇이 되어 다시' 만나서 다음과 같은 대화를 나눌 세월이 오리라고는 꿈도 못 꾸는 그런 푸른 젊음이.

"슬프지 않아요?"

묵묵히 걸어가던 그녀가 말했다.
"뭐가요?"
"그냥 세월이요."
"젊음은 끝났다, 그런 얘기예요?"

 70년대 대학가에서 시작된 이 이야기는, 미숙한 젊음에 대한 추억이자 뒷날 희끗희끗한 머리로 풋풋한 젊은 날을 되돌아보게 될, 그러나 그런 날을 차마 상상하지 못할 만큼 무자비한 젊음을 비칠거리며 통과하는 이들에게 바치는 이야기이기도 할 것이다. 작가가 말미에서 밝힌 대로.
 '이 조그만 회상의 기록을 박은영의 아들 김수영씨에게 드린다. 그가 친구들과 함께 이 세상의 소음을 향해 던지는 아름다운 화음과, 그와 나는 물론이고 그 누구도 포기할 수 없는 아름다운 꿈의 노랫말과, 그가 자기 몫으로 가지고 있는 많은 시간과 훗날의 기억과 그의 사랑과 그의 별자리를 위해서……'

작가의 말

'피터, 폴 앤 메리'를 듣던 시절과 '곤 더 레인보우〈gone the rainbow〉', 그리고 지금은 없어진 여행사 '데미안'과 나만의 별자리, 내가 스무 살이던 시절과 계산 없이 순진했던 사람들, 이 시대와는 다른 감정과 생각을 지녔던 사람들, 그리고 1987년 6월의 몇몇 풍경과 나만이 맞출 수 있는 어떤 퍼즐 등등이 조촐한 작품을 쓰는 동안 내가 내내 그리워했던 것들이다. 돌이켜보니 거기에 이 이야기의 주제가 다 모여 있다는 생각이 든다. 그 많은 아픔과 실망에도 불구하고 내가 아직도 많은 것들을 그리워할 수 있다는 사실에 그저 감사할 따름이다.

문학동네 장편소설
어디서 무엇이 되어 다시
ⓒ 이상운 2008

초판인쇄	2008년 2월 18일
초판발행	2008년 2월 25일

지은이	이상운
펴낸이	강병선
책임편집	조연주 고경화 권윤진
펴낸곳	(주)문학동네
출판등록	1993년 10월 22일 제406-2003-000045호

주　　소	413-756 경기도 파주시 교하읍 문발리 파주출판도시 513-8
전자우편	editor@munhak.com
전화번호	031) 955-8888
팩　　스	031) 955-8855

ISBN 978-89-546-0515-1 03810

* 이 책의 판권은 지은이와 문학동네에 있습니다.
　이 책 내용의 전부 또는 일부를 재사용하려면 반드시 양측의 서면 동의를 받아야 합니다.
* 이 도서의 국립중앙도서관 출판시도서목록(CIP)은 e-CIP 홈페이지(http://www.nl.go.kr/cip.php)에서
　이용하실 수 있습니다.(CIP제어번호: CIP2008000423)

www.munhak.com